わたしの幸せな結婚 七

顎木あくみ

富士見L文庫

もくじ

わたしの幸せな結婚―登場人物紹介

久《く》堂《どう》清《きよ》霞《か》
名家、久堂家当主。
帝国陸軍対異特務小隊隊長。
当代随一の異能の使い手。

斎《さい》森《もり》美《み》世《よ》
清霞の婚約者となり恋を知る。
希有な異能「夢見の力」を持つ。

五《ご》道《どう》佳《よし》斗《と》
対異特務小隊所属。清霞の忠実な部下。

辰《たつ》石《いし》一《かず》志《し》
辰石家の当主。解術の天才。

薄《うす》刃《ば》新《あらた》
美世の従兄で薄刃家当主の息子。

薄《うす》刃《ば》義《よし》浪《ろう》
斎森澄美の父で、美世と新の祖父。

堯《たか》人《ひと》
皇太子。天啓の能力を持つ。

斎《さい》森《もり》澄《す》美《み》
美世の実母。故人。

久《く》堂《どう》正《ただ》清《きよ》
久堂家前当主。清霞の父。病弱。

久《く》堂《どう》芙《ふ》由《ゆ》
清霞と葉月の母。気位が高い。

久《く》堂《どう》葉《は》月《づき》
清霞の姉。一児の母。

ゆり江《え》
久堂家の使用人。清霞も頭が上がらない。

序章

薄紅の花びらが、一片、穏やかな風に乗って窓の外をよぎる。

その日はよく晴れて気持ちのよい春風が吹く、どこか心を浮き立たせるような、これ以上ないほどの好天だった。

桜の花は満開を少し過ぎてしまったものの、まだ散り始め。花びらが時折、雨のように一気に降り、花の絨毯《じゅうたん》を地面に薄く作っている。

美世《みよ》は椅子に座り、自分の手元に視線を落としたまま、動けずにいた。

（旦那さま……）

今日は、待ちに待った祝言の日。

すでに遠くから、集まった参列者たちの話し声や気配が、この支度部屋まで絶え間なく伝わってくる。

けれど、美世の心は祝言に臨む緊張とは違う、焦りと不安に満ちていた。

「あ、あの、お義姉《ねえ》さん」

「もう、美世ちゃん。とぉっても綺麗《きれい》よ！　私が結婚したいくらいだわ」

傍らで、義姉となる久堂葉月《くどうはづき》が淡く頬を染め、本日幾度目かの賞賛の言葉をくれる。ただ、それにありがたいとは思っても、胸の内はちっとも晴れない。

「あの、そうではなく……」

「美世さま。葉月さまのおっしゃるとおり、本当に、本当に、お綺麗で、ご立派で……ゆり江《え》は、ゆり江は」

古くから久堂家に仕える使用人のゆり江も、式もまだ始まっていないのに、感極まったように目元を手巾《ハンカチ》で拭っている。

そのゆり江に、やや不機嫌そうな目を向けるのは、義母となる久堂芙由《ふゆ》。彼女もこの日ばかりは豪奢《ごうしゃ》な洋装ではない。螺鈿《らでん》細工の花模様の簪《かんざし》で髪をまとめ、久堂家の唐花の家紋と、裾に格調高く美しい松竹梅の柄の入った黒留袖を纏《まと》う。

芙由は閉じた扇子を、自らの手のひらに苛立《いらだ》たしげに打ちつけた。

「馬子にも衣装、とはこのことね。それよりも……その辛気臭い顔、どうにかならないの？」

「ちょっと！」

「も、申し訳ありません」

葉月が芙由を咎《とが》めるが、美世は自分が晴れの日に相応《ふさわ》しくない、沈鬱な表情をしている自覚があるので、素直に謝罪を口にする。

けれど、どう頑張ったところで、笑えない。だって。

だって――今日は、人生に何度とない幸せな日。美世にとってこの世でもっとも大切な婚約者、久堂清霞《きよか》と夫婦になれる日。

だというのに、その清霞がいないのだから。

黙り込むしかなく、目を伏せた美世の肩に、葉月が優しく手を置く。

「美世ちゃん。大丈夫よ」

「でも……」

「いくらあの朴念仁でも、愛する美世ちゃんとの結婚式に来ないなんて、そんなことはあるはずないわ。ね？　知っているでしょう、清霞があぁ見えて、どれだけこの日を楽しみにしていたか」

「そうですとも、美世さま。坊ちゃんのここ最近の、あの浮かれよう！　ゆり江は微笑《ほほえ》ましいを通り越して少し心配になったほどです」

葉月とゆり江に口々に励まされ、美世は顔を上げた。

清霞を信じたい。いつでも、美世のことを一番に想《おも》ってくれる清霞を。彼ならきっと、なんとかしてくれるに違いない。

美世は手の中のものを、じっと見つめる。

まだ出会ったばかりのときに清霞がくれた、お守り。そうしてそれを、しっかりと握りしめた。

「あのぅ、お時間なのですが……これ以上お待ちになるのは」

係の者がおずおずと、気まずそうに声をかけてくる。

式を始める時間は間近に迫っている。本当なら、半刻《はんとき》前にはこの部屋を出て控室に移動し、準備していなければならなかったのに、我がままを言って待ってもらっていた。

だが、それも限界なのだろう。あとの予定にも差し障るし、式を行う神社の面々や、参列者たちにも迷惑になる。

「今、参ります」

準備をして、清霞がその間に来ればいい。しかし、もしこのまま清霞が来なくても、美世が皆に謝るべきだ。

「さ、行きますわよ。しっかりなさい」

芙由のぶっきらぼうな励ましに、美世はようやく少しだけ、微笑みを浮かべた。

「はい。参りましょう」

気を引き締める。いつまでも、皆に心配をかけさせてはいけない。今日この日から、美世は清霞の妻になるのだから。

（わたしは、久堂美世になるのよ）

だから、その名に恥じない、立派な振る舞いをしなくては。

背筋を伸ばし、美世は歩きだす。きっと、大丈夫。彼が美世の心を裏切るなんて、決してありえない。

支度部屋を出た美世の頬を、柔らかな春の風が撫《な》でた。

一章　おまじない

この頃のよく晴れた朝は、春の匂いがする。

どこからか、春のぬくもりを含み、けれどまだどこか冷たさを残した、乾いた空気が吹き込んで、家の中でも眠たくなるような独特の陽気に満ちている。

美世《みよ》は台所に用意してあった弁当の包みを持つと、いそいそと玄関に向かった。

今日の弁当は春らしく、菜の花やふきのとうなどを使った自信作。

毎日心を込めて作っているのだけれど、彼はきっと、春の苦みをともなった野菜を嫌いではないだろうから、食べてもらうのがひと際、楽しみで、足取りも軽くなる。

「旦那さま」

「ああ、ありがとう」

振り向いた清霞《きよか》は、安堵《あんど》に似た、穏やかで温かな笑みを口許《くちもと》に湛《たた》えている。

「……はい」

美世が手渡した弁当を、清霞は宝物でも扱うかのようにそっと受けとり、鞄《かばん》にしまった。

出会ってから一年、毎日顔を合わせていても、また朝になると彼の静かで、綺麗な佇《たたず》まいや一挙手一投足に目を奪われてしまう。

しかも、美世の気のせいでなければ、ここひと月ほどの彼は、家で笑みを浮かべていることがますます多くなった。

ふとした瞬間に、頭を優しく撫でられているかのような――ぬるま湯に浸《つ》かっているかのような、険の欠片《かけら》もない笑みを向けられると、美世はどうしていいかわからなくなる。

（前は、絶対にこうではなかったわ……）

けれど同時に、美世自身も以前とは心持ちがまったく違う。よって、同じことを清霞に思われているかもしれなかった。

とはいえ、気恥ずかしいものは気恥ずかしい。

これでも、婚礼の日がすぐそこまで迫り、ついついその先の将来を想像してしまうのだから。

「美世？　どうした」

「き……っ」

「き？」

「気をつけていってらっしゃいませ、旦那さま」

慌てて顔を取り繕って言った美世に、清霞はくすり、と相好を崩す。

「いってくる」

颯爽《さっそう》と身を翻した清霞の、薄い色の長い髪が軽やかに流れる。その髪を結うのは、薄花《うすはな》色《いろ》の新しい組紐《くみひも》。

騒動の渦中で失《な》くなってしまった紫の組紐の代わりに、つい先日、美世が贈ったものだ。清霞はあれから毎日、新しい組紐で髪を結っている。

（あのときはどうして言えたのかしら……）

美世は両手で己の頬を覆い、次いで、自分の髪に挿した簪に触れた。

二度目の求婚を受けたあのときのことは、思い出しただけで顔から火が出そうだ。勢いでとんでもないことを数々、口走ってしまった。

『愛しています、清霞さん』

どうしてあんなことを言えたのか、自分で自分が不思議だった。

愛しています、なんて。それに、清霞さん、だなんて。信じられないほど大胆で、恥ずかしい。

居たたまれなくなって、美世は早足で台所に戻り、朝食の片づけを始める。

落ち着かない。けれど、幸せだ。これをまだ上回る幸せなことがあるのかと、疑ってしまうほど。

　夫婦になったら、今と何か変わるのだろうか。

　居心地のいい現状は変わってほしくないけれど、清霞と今よりさらによい関係を築けるのなら、なんだってしたい。その先へ、進みたい。

　過去や最近までのつらい出来事を思い出し、胸の内に暗い影が差すこともある。

　それでも、前よりずっと、美世の心は深い温かさで満ちている。だからきっと——。

（なんだか不安になってしまうのは、緊張しているからよね？）

　たまに思い出したように滲《にじ》む胸騒ぎのような何か。見ないようにすればいつの間にか消えている程度のものだけれど、気のせいだろう。

　洗い物を終え、洗濯物を干し終わった美世は、掃除に取り掛かった。この一年ですっかり慣れた家事に無心になって取り組んでいると、照れくささや不安も忘れられる。

　去年の夏に悪夢に悩まされたときもそうだった。

　こう思うと、自分の根本はちっとも変わっていない。美世は少し呆《あき》れ交じりに笑いながら、床を掃き清め、拭き掃除のために水を汲《く》みに流しへ向かう。

　すると、外で自動車のエンジン音がした。

「美世ちゃん、おはよう！」

美世が勝手口から外へ出て、表へ回ると、運転手に扉を開けてもらい、自動車から降りてきた葉月《はづき》が明るく手を振っている。

「おはようございます、お義姉《ねえ》さん」

近々、正真正銘の義姉になる予定の葉月は、今日も、春にぴったりの淡い黄色のワンピースがよく似合っていて洒落《しゃれ》ている。相変わらず、迫力のある美女っぷりだ。

あんなふうに洋装を着こなすのは、美世にはまだまだ難しい。葉月は美世にとっていつまでも憧れで、見ているだけで元気になれる。

「おはよう。あのね、今日は実はいいものを持ってきたの！」

葉月は、清霞と似た、涼やかで端整な美貌に、いつも以上の朗らかさを浮かべていた。

「いいもの？」

まさか、結婚祝いにはまだ早いし、と美世が首を傾《かし》げれば、葉月は「いいから、いいから」と美世の背中を押し、自身も玄関から家の中へと入る。

勢いに乗せられたまま、美世は葉月と居間でちゃぶ台を挟んで向かいあう。

今なお淑女として未熟な美世は、婚礼やその後の祝宴の招待客に失礼があってはいけないと、葉月から久堂《くどう》家の花嫁となって皆の前に立つ際の心構えや振る舞いを、あらためて習っている最中。

今日ももともと、葉月がこの家にやってくる予定はあった。しかし、『いいもの』には心当たりがない。

「あの、いいものって？」

「そうそう。これよ」

葉月は畳の上に置いていた鞄を探り、何か、紙束のようなものを取り出して、卓上に広げた。

「見て、新聞や雑誌を切り抜きしてみたの！　ふふふ、面白いことがあれこれ書かれているわよ」

「わあ……」

紐《ひも》で丁寧に閉じられた帳面に、葉月の言うとおり、たくさんの新聞や雑誌の記事が切り抜かれ、貼りつけられている。

大きな見出しのものから、ちょっとしたコラムのようなものまで、本当に多くの記事がある。

「これを全部、お義姉さんが？」

「ええ。あ、でも、私が好きでしたことだから、気にしないでね。あなたたちの結婚のことがとにかくいっぱい書かれているのだもの。集めたくなってしまって」

うきうきと上機嫌に、やや得意げな面持ちで言う葉月。

美世はおそるおそる、開かれた頁《ページ》をのぞきこむ。

清霞がそれなりの有名人であるため、その結婚とあって巷《ちまた》で話題になっているのは、美世も知っている。記者から取材を求められることもあるらしく、うんざりしている、と清霞も漏らしていた。

実際にはいったい、何を書かれているのか。

気になる。でも、怖い。無意識に呼吸を止め、軽く目を通すつもりで記事を読む。

内容は、新聞記事はやはり、つい先だっての帝国全体を揺るがしかねなかった大事件と、清霞の立場をからめたものが多い。一方、雑誌のほうは少々ゴシップめいたものがほとんどを占めている。

「わ、悪いことは、書いてありません……よね？」

熟読する勇気はさすがになく、ざっと流し読みするにとどめる。とはいえ、思ったより辛辣な内容ではないのを感じて、美世はほっと胸を撫で下ろした。

葉月がおかしそうに笑い声を漏らす。

「この私が、美世ちゃんを悲しませるようなものを見せるわけがないでしょう。十割いいことしか書いていない、というわけでもないけれど、大抵は政府や軍に対しての意見で、清霞個人や美世ちゃんを責めるようなものはないわ」

「安心しました」

ありがたいことに、清霞が一時、拘束された件については、冤罪《えんざい》であった旨がはっきりと繰り返し報じられている。

よって、清霞は反逆者の誹《そし》りを受けずに済んでいる。

代わりに、あのような——甘水直《うすいなおし》という個人によって、軍部や帝《みかど》までもが弄ばれ、国が危機に陥れられたことに対する非難は、政府に集中していた。

異能や異能者の存在を信じる者が少ない現代において、甘水たち異能心教《いのうしんきょう》および平定団《へいていだん》は純粋に宗教団体としてしか認知されていないが、だからこそ、民間の一団体に揺るがされるような国家の運営を咎《とが》める声はとても多い。

ともかく、どちらかといえば清霞に対しては、無実の罪で捕らえられながらも甘水打倒に尽力し、自身の潔白を証明した、と賞賛し、そんな彼の結婚を祝福する意見がほとんどのようで、安心する。

翻って、雑誌のゴシップのほうは、というと。

（な、なに、これは）

やけに大きな見出しで、『令嬢たちの涙』だの『麗しの貴公子の結婚に、失神する女性多数！』だの『多くの令嬢を泣かせた御曹司、ついに身を固める』だのと、冗談のような文言が躍っている。

「ね、面白いでしょう？」

葉月が、くすくすと腹を抱える。

そこには、清霞との縁談が破談となった令嬢たちの事細かな恨みつらみや、密《ひそ》かに清霞を恋い慕っていたという匿名女性の嘆きなどが面白おかしく取り上げられていた。

「これは……笑ってよいものでしょうか……」

美世は複雑な気持ちになって、眉尻を下げる。

しかしどうも、こういった記事を書いている記者もなかなか辛口で、『憧れの人物に相手ができる前に、仲を深める努力をすべき』だとか、『生まれ育ちに甘んじず、志は高くもつべし』だとか、なかなかおかしな結論に着地している。

中には、『令嬢たちの怨念が災いしないか、久堂氏の身が心配である』なんて締め方をしている記事もあった。

「当たり前よ。笑い話のために持ってきたんだもの。それに、半分くらいは清霞の自業自得だわ。女の子たちに冷たくして、さんざん冷酷だなんだって噂《うわさ》を流されて。もう少し、穏便な縁談の断り方があったでしょうに」

ずばり言い切る葉月は、さすがである。

ただ、確かに、ここまでくると笑い話にしかならない。美世も、葉月の口ぶりに少し噴き出してしまう。

(でも)

もし葉月の言うような、穏便な対応を清霞がしていたら、たぶん今ここに美世はいない。彼が数多《あまた》の令嬢たちを泣かせてきたからこそ、美世の元までお鉢が回ってきたのだ。

「あ、なんだか、ほっとした顔ね？」

葉月から指摘され、頬が熱くなった。

「ほっとなんて……」

「いいじゃないの。美世ちゃんと清霞は、選び、選ばれた。その過程がどうあれ、あなたたちほど互いを思いあえる相手と出会えるのは、幸せなことよ。堂々としていればいいわ」

「はい」

記事の詳細はどうあれ、多くの人々が、清霞と美世の結婚を祝ってくれている。ゴシップ記事も基本的には、結婚を祝福する言葉がたくさん使われていた。

大勢の人に知れ渡っていると想像すると、照れや羞恥が先にきてしまうけれど、いよいよ清霞と夫婦になる日が近づいているのを肌で感じて、幸福感が湧いてくる。

「……これ、いただいてもいいでしょうか」

美世が思い切って訊《たず》ねると、葉月は目を瞬《まばた》かせた。

「もちろんいいけれど、美世ちゃんにはあまり……面白くなかったのではない?」

どうやら美世が一瞬、戸惑っていたことなど葉月にはお見通しのようだった。

しかし、彼女の気持ちも、記事自体もうれしかったのは本当だ。自分ではこんなふうに記事を切り抜くなど思いつきもしなかったし、そもそも記事を読みもしなかったかもしれない。

おそらく十年後には正しく笑い話にできる、いい記念になるだろう。

「お義姉さんがせっかく集めてくださったものですし、今、このときの気持ちを、これを見返すことで思い出せたらって、思うので」

「まあ! もう、もう! 美世ちゃんたら、なんて、なんて……っ」

葉月は言葉を詰まらせ、両手で顔を覆う。しばらくして、呼吸を落ち着けると「それで?」と打って変わって華やかな笑みをこちらに向けてきた。

ここからが本題だ、と言わんばかりに。

「話は変わるけれど、どうかしら。お式も近づいてきて、こう、同じ屋根の下で、二人で気持ちが盛り上がってきたりしないの？」

「もっ」

今度こそ、美世は耳まで真っ赤に紅潮して、動けなくなってしまった。

「はしたない、なんて逃げは今さらなしよ？　さあ、どうなの？　そろそろお布団を並べて寝てる？」

「ま、まままま、まさか！」

頭が沸騰したように熱くて、上手《うま》く回らない。葉月はなぜ平然と、そんなことを訊《き》けるのだろうか。

まったく想像したことがないといえば嘘《うそ》になるけれど、美世の気持ちはまだそこまで追いついていない。隣同士の布団で寝るなんて、論外だ。

前にそういった状況になったことはあるものの、余裕がなく、葉月が言うような雰囲気にも、心境にもなっていなかった、はず。

しかもその後、清霞の式である『清《きよ》くん』と一緒に寝て、あとから『清くん』が清霞の意識と繋《つな》がっていたと知り、今でもそれを思い出しては恥ずかしさに悶《もだ》えているのに。

「あらぁ、だめよ。もうすぐ嫌でもそうなるのだから、慣れなくちゃ」

「な、慣れるなんて無理です……」

一年経《た》った今でも、ただ清霞と同じ空間にいるだけで、ふとした瞬間に落ち着かなくなることがしばしばだ。

ひと晩中ともなれば、心臓がもたない。

「まあ、清霞も美世ちゃんのことは大切にしたいのよね。わかるわ、その気持ち。私でもそうするもの」

「旦那さまが優しいのは、さ、最初からですから……」

上気した顔を隠すためにうつむくしかない美世に、葉月は首を傾《かし》げる。

「ねえ、美世ちゃん」

「はい？」

「その、旦那さまって呼び方、変えないの？」

はっとする。

次々と深掘りされたくないところを突っ込まれ、美世はうつむいたまま、固まった。

「美世ちゃんは初めから、清霞のことをそう呼んでいたのよね？　それは『夫』という意味ではなくて、『一家の主人』という意味で、でしょう？」

「う……はい」

まさに葉月の指摘どおり。

初めて清霞を『清霞さん』と呼んでから、考えてはいた。

最初にこの家に来たとき、美世は自分が清霞の妻になれるのだなどと、これっぽっちも考えていなかった。すぐさま追い出されるか、殺されるか、くらいの覚悟はしていたし、使用人扱いをされるならいいほうだとさえ、思っていたのだ。

だから、角が立たないよう、無難に『旦那さま』と呼んでいた。

しかし今では、それが定着してしまって、簡単には呼び方を変えられず、また、清霞の名を口にすること自体に抵抗が生まれて、呼ぶ勇気がない。

「ちゃんと、一回はお名前を呼べたんです……その、清霞さん、と」

「いいじゃないの。『さま』でなく『さん』ってところがいいわ。仰々しくなくて、今風の夫婦らしいもの」

「でも、もう二度と呼べないかもしれません……」

たぶん今、自分はひどい顔をしている。美世はとても、顔を上げられなかった。

火が出そうなほど真っ赤な、初々しいとか、微笑《ほほえ》ましいとかでは済まない顔色をしているに違いない。

「美世ちゃん」

あらたまって葉月に呼ばれ、躊躇《ためら》いがちにのろのろと視線を上げる。そこにはいつもの、優しくて愛情深い、淑女の先達としての葉月の微笑があった。

「練習、しましょうね？」

「え」

何を言われたのかわからない。練習？　いったい何の。

理解できるけれどしたくない、脳が拒絶する。呆然《ぼうぜん》とする美世に、葉月は女神のごとき笑みを向ける。

「いつまでも旦那さま、じゃ、いけないわ。あのね、我が家の母、あの久堂芙由《ふゆ》も普段は旦那さま、って呼んでいるけれど、お父さまと二人のときには名前で呼んでいるのよ。正清《ただきよ》さまって」

「お義母《かあ》さまが」

「いやになっちゃうわよね。あの人のそういうところが苦手なの。昔から、お父さまのことばかり見て、気にして、私や清霞のことはたいして興味がないのよ」

「…………」

葉月の笑顔が、だんだん怖ろしくなってきた。

「話が逸《そ》れたわ。だからね、美世ちゃんもきちんと清霞を名前で呼べるように、練習するべきだと思うの」

練習。清霞の、名を呼ぶ、練習。どう練習するのだろうか。ひとりでひたすら清霞の名を連呼するなんて、絶対にできない。

「ゆっくりでいいけれど、お式の日までには間に合うように、ね？」

まったくゆっくりできそうにない、葉月の容赦ない念押しに、美世はただ、黙ってうなずくことしかできなかった。

◇◇◇

「あぁ、嫌だぁ……引き継ぎなんて、したくない～」

執務室に、五道《ごどう》の情けない声が響く。

対異特務小隊《たいいとくむしょうたい》、屯所。隊長の執務室には今、机が二つある。ひとつは元からあった、清霞の使う隊長用の机。もうひとつは、五道のための机だ。

隊員たちが、どこからか引っ張り出してきて設置したその二つ目の机、そこについている五道は、叫ぶなり、勢いよく突っ伏した。

「その書類に引き継ぎは関係ないだろうが。文句を言わずにさっさと処理しろ」

清霞は机上から目を離すことなく、書面にペンを走らせる。

今の仕事は主に、普段どおりの異形《いぎょう》関連の案件の対応に戻っている。が、一連の騒動でかなりの量の案件を溜《た》めてしまっていたため、すべてを処理するのになかなか手間取っている。

(これはきりがないな)

冬らしさはいつの間にか去り、窓の外はすっかり春になった。どこからかうぐいすのやや拙い囀《さえず》りが聞こえてきて、ふと視線を上げると霞《かす》んだ青空が広がる。

あの――甘水の事件があってから、そう時間は経っていないはずなのに、身も心も凍《い》てつくようだった冬の気配はとっくに遠ざかっている。

「俺、納得してませんから」

五道が不貞腐《ふてくさ》れた態度で、ぶつぶつとぼやく。

「私の退職に、お前の納得が必要か?」

「必要ですよ。だってどうせ、次の隊長は俺なんでしょ」

清霞ははっきりとは答えなかった。

隊長職について考えるとき、必ず脳裏をよぎるのは、五道の父親――かつて、対異特務小隊を率い、任務の最中に命を落とした、五道壱斗《ごどういっと》の今際《いまわ》の際の表情だ。

それは、凶悪かつ、強力な異形である『土蜘蛛《つちぐも》』と対峙《たいじ》し、敗れ、散っていく間際の彼が口にした言葉とともに。

『すまない、お前に背負わせる――』

あのときの彼の目つき、光を失う瞳。顔面の傷、短く弱い息遣いに、震える唇と声。

彼は何を、とまでは言わなかった。けれども、言われずとも、清霞には容易に察することができた。

対異特務小隊の隊長という地位も、そのひとつ。

だから、わざわざ帝大卒業と同時に合格の難しい士官採用試験を受け、一度は背を向けた軍人という職に就いた。

当然、そうすべきだった。少なくとも、清霞はそう思ったのだ。

「そろそろ、壱斗さんも許してくれるだろうと思ってな。むしろ、中途半端な気持ちで続ければ叱られそうだ」

「……………」

急に静かになった五道に目を向ければ、彼は瞠目《どうもく》し、絶句して清霞を凝視していた。

「なんだ？」

「……清兄《きよにい》が、あ、いや、隊長が、親父《おやじ》のことを話すのが久しぶりだったから。驚いて」

「ずいぶん懐かしい呼び名だな」

つい、口許《くちもと》がほころぶ。今や思い出せないほど昔、五道が、否、佳斗《よしと》がよく清霞をそう呼んでいた。

出会った頃の五道は幼かったし、成長してからは留学していたので、さほど濃い付き合いだったわけではない。ただ、たまに壱斗に連れられて会った五道は明るい少年で、『清兄』と呼びながら、きらきらとした瞳を清霞に向けてきたものだ。

成人後、再会したときには、大きな憎しみをぶつけられたが。

「絶対に、絶対に、ぜーったいに、ついうっかりでも呼ばないようにしていたので。あーあ、俺もなんだかんだ言って、隊長が隊長を辞めるの、内心では受け入れてるのかなぁ。腹立つな～」

五道は唇を尖《とが》らせ、突っ伏したままの体勢で、行儀悪くぺらぺらと適当に書類をめくる。

「手を動かせ。そっちに回した案件、人員の割り振りは決まったのか」

「まだ悩んでるんですぅ」

「早く済ませてしまえ」

こんな日々を送るのは、あとどれくらいだろうか。

清霞はなにげなく物思いにふける。

隊長になったときは、考えもしなかった。自分が、このような心境になるとは。

軍人になったからには、軍人として生き、軍人として死ぬ。そんな覚悟でいたし、軍人を辞めるときの自分の姿など、頭の中には欠片《かけら》も思い描いていなかった。

だが、清霞が愛する女性は、清霞に二足の草鞋《わらじ》を履くことを許さぬほど、厄介な境遇の持ち主だったのだ。

彼女は彼女自身の異能を積極的に振るうつもりはないらしい。

とはいえ、甘水の件でも重々思い知ったように、彼女が望む、望まないにかかわらず、『夢見の異能』をこの世は放っておかない。おそらく、これから先もずっと。

（第二、第三の甘水が現れないとは、言い切れない）

そして、いざというとき、清霞は軍人として動くよりも、美世を守りたい。彼女の一番近くで、彼女を守り、支えたいと、願ってしまったから。

軍人という身分が、今の清霞にとっては枷《かせ》なのだ。

「……いいですよね、隊長は。どうせ家では、美世さんとあんなことやこんなことをしているんでしょ」

「まだ言うか」

「だって、これで隊長職を引き継いだら俺、確実に結婚できませんよね!?　忙しすぎて！」

五道は絶叫し、髪を掻《か》きむしる。しかし、彼の言葉を否定もできない。

清霞も隊長になったばかりの頃は、不慣れな仕事内容に手間取り、屯所に泊まり込む勢いで忙殺されていた。

「お前の努力次第だろう」

「あからさまに投げやりにならないでくださいよ〜！」

そんなことを言われたとて、結婚云々《うんぬん》の話題を清霞に振ること自体が、間違っている。

自慢ではないが、清霞は二十七になるまで相手が見つからなかった筋金入りである。

「美世さんを押し倒したり、一緒に寝たりしてるんでしょ！　そんな人に俺の気持ちはわかりませんよ！」

「おい、想像するな」

「ああ、うらやましい！　うらやましい！」

今にも立ち上がって地団駄を踏み始めそうな部下に、清霞はため息を吐《つ》いた。

「いい加減にしろ。そんなことはしていない」

「は？」

清霞が否定すると、五道は信じられないものを目の当たりにしたように、こちらを見た。

「してないんですか？　何も？」

「していない。いいから、いちいち詮索するな。余計な想像もするな」

「隊長は、腑《ふ》抜《ぬ》けなんですか？」

あまりの言い草に、さすがにかちんとくる。

すべて、大きなお世話である。そうして、清霞は盛大に五道を叱りつけることになるのだった。

◇◇◇

夕食を済ませ、美世は清霞と揃《そろ》って手を合わせる。

「ごちそうさま」

「ごちそうさまでした」

一年間、繰り返してきた清霞との食事の時間は、美世にとって、何よりも安らぐものだ。

そこで美世はふと、食事中に言いそびれていたことを思い出した。

「だ……旦那さま」

「どうした？」

葉月に昼間言われたことが脳裏をかすめ、つい、不自然な呼びかけになってしまう。清霞も、そこはかとなく怪訝《けげん》な表情をしていた。

（お義姉《ねえ》さんの呪いだわ）

いきなり名前で呼べるはずがないけれど、一瞬、迷いが生まれる。

そのせいで、美世は清霞を呼ぶたびに挙動不審になってしまい、話しかけるのを少し、躊躇《ちゅうちょ》するようになっていた。

「ええと、明日、お義姉さんと出かけてきます」

慌てて誤魔化すように、美世は早口で清霞に告げる。

ちなみに、これは嘘《うそ》ではなく、もともと言おうとしていた用件である。

「どこへだ」

清霞が少し驚いたように視線を動かし、次いで眉をひそめた。思っていたよりもあまり好意的とはいえない彼の反応に、美世はどぎまぎしてしまう。

何か、怒らせるようなことをしただろうか、と一瞬、思うけれども、よくよく見れば、これは怒っている雰囲気ではない。

心を落ち着かせ、美世は平静を保って答える。

「塩瀬《しおぜ》さんという方のお宅で、外国から料理人を招いたお料理の勉強会が開かれるそうです。そこへ、お義姉さんに誘われて」

「ああ、塩瀬家か。……それならまあ」

若干、不服げに清霞は息を吐いた。葉月と付き合いのある家だ、清霞も当然知っていたのだろう。どうやら納得してもらえたようだった。

やはり、ただ美世のことを心配しただけだったらしい。

（このまま、わたしのおかしな呼びかけのことを流していただければいいけれど）

名前を呼べなくて葛藤している、なんて、本人に向かってとても正直には説明できない。

「お昼すぎには帰ってこられますから。きちんとお勉強をして、旦那さまに今までとはひと味違うお料理を出せるよう、頑張ります」

「今のままでも、まったく不満はないんだが」

それに、と清霞は複雑そうな目をこちらに寄越す。

「姉と料理だなどと、正気か？」

美世は思わず、言葉に詰まってしまった。

彼の懸念はもっともだ。そう、葉月は料理が大の苦手。

もはや苦手という範疇《はんちゅう》を超え、決して料理をできないよう、料理にかかわる技能のすべてを神に削《そ》ぎ落とされでもしたかのごとく、とんでもない腕前の持ち主である。

美世もしっかりとその様を目の当たりにしたわけではないが、片鱗《へんりん》なら見たことがある。

いつだったか、まだ葉月と知り合って間もない頃、料理が苦手であるという話を聞いたすぐあとだろうか。

この家で淑女としてのあれこれを教わり、休憩をかねて昼食を振る舞おうとした際、夏だったので、葉月に素麵《そうめん》を茹《ゆ》でてほしいと頼んだことがあった。

湯を沸かし、沸騰したら麵を入れ、あとは箸で鍋の中をかき回してもらうだけでいい。

さすがにこの少ない工程で失敗も何もないだろうと、あのときの美世は考えたのだ。

甘かった。

なんと、鍋に入れるまでまったく問題のなかった素麵は、茹で上がると、無残にも塵《ちり》と化していた。

ただでさえ細い麵が惨《むご》たらしく細かくちぎれ、小さな白い粒となって、笊《ざる》の目をすり抜けて流しにぶちまけられたときの衝撃は、忘れられない。

『ま、まさか……私はまともに麵を茹でることすらできないの……?』

あのときはいつも明るい葉月も呆然《ぼうぜん》とし、さすがに大きく肩を落としていた。

素麵なので、茹でる時間は長くない。その間、美世も何度か葉月の手元を見ていたけれど、おかしな挙動はなさそうだった。

それなのに、あの結果である。

美世は驚くと同時に、背筋が寒くなった。どう考えても、人の起こせる現象ではないように感じられて。

もはや一種の異能のようですらあった。

しかし、今回の勉強会については、実際に参加者が調理をする場面はかなり限られると聞いている。一部の作業工程を、分担で実践してみる程度だと。

であれば、葉月が無理に手を出す必要もないだろう。

「その、料理人の方が解説をしながら手本を見せてくれるそうなので、見ているだけなら平気だと……思います。た、たぶん」

葉月には悪いけれど、つい語尾が弱々しくなってしまう。

「さすがにあの姉でも、視線だけで料理を失敗させる異能は持たないか」

清霞のこのひと言で、葉月の料理の下手さを異能のようだと思っているのは自分だけではないのだと、美世は妙に安心した。

話が一段落し、美世は食事のあと片付けを始める。

食器をまとめ、膳を重ね、壁際に避《よ》けてあったちゃぶ台を元に戻す。そのまま台所へ膳を運び、湯を沸かして、食後の茶を用意した。

湯呑《ゆのみ》と急須を載せた盆を持ち、美世が居間へ戻ると、清霞はなにやら、帳面を開いて眺めている。

その帳面は今日の昼間、葉月が持ってきたあの、切り抜きを貼ったものだった。

あのあと、棚の上に置いたままだったのを思い出す。

「旦那さま、それは……」

きっと、あることないこと書かれた記事に、清霞もいい気持ちはしないはず。美世はさっさと自室に片付けてしまわなかったのを後悔した。

美世が口ごもったのをどう受け取ったのか。

「どうせ姉の仕業だろう。またろくでもないことを」

清霞は退屈そうに、ぺらぺらと頁《ページ》をめくり、ため息を吐いただけだった。

「ごめんなさい。おかしなものをお見せしてしまって」

「私が勝手に見ただけだ。お前が謝るようなことじゃない」

指が長く、美しいけれども、武人らしい硬さもある清霞の大きな手が、帳面をぱたり、と閉じる。その単純な所作すら優雅で、彼の育ちのよさが滲《にじ》んでいる。

結婚が近づけば近づくほど、これまでよりもっと、彼のそういった細かなひとつひとつに意識が向き、好ましさを憶《おぼ》える。

「それより、お前は平気か？」

「え?」

「こういう、俗っぽい扱われ方は慣れていないだろう。不安になったり、不快になったりしていないか」

清霞の静かなまなざしには美世を案じる色が浮かんでいて、不謹慎だけれど、わずかばかりうれしくなった。

美世は微笑《ほほえ》み、首を横に振る。

「いいえ。わたしのことはあまり書かれていませんから。旦那さまが気を悪くなさっていらっしゃらないなら、いいです」

美世について、記事に書かれている内容はといえば、せいぜい『斎森《さいもり》家の出身である』『斎森家の屋敷《やしき》が炎上した事故は記憶に新しい』と、あとは年齢くらいだ。

美世の答えに、清霞も安堵《あんど》を含んだ、柔らかな笑みを浮かべる。

「私はある程度、慣れているからな。今さら、気を悪くするも何もない。――それに」

そこでふいに、清霞が黙り込む。

急須で湯呑に茶を注いでいた美世は、どうしたのかと視線を上げ、思わず目を瞠《みは》った。

そこにあったのは、薄く朱に染まった頰、気まずそうに逸《そ》らされた瞳。まるで恥じらう深窓の姫君のごとく、見惚《みほ》れてしまう照れ顔だった。

形のいい唇が、もごもごと言葉を紡ぐ。

「誰に何と言われようが、別に気にならない。……本当のことは周囲の皆が、妻になるお前が知っていてくれれば」

常ならば、彼はここまで言葉にしなかったように思う。美世もまさかそんなことを言われるとは思っていなかったので、呆気《あっけ》にとられた。

次いで、眩暈《めまい》のように視界がくらんで、じわじわと、身体《からだ》が熱くなってくる。

「あ、そ、そうですか……」

「ああ。──おい、こぼれているぞ」

「ひゃあ!」

ぽうっとしているうちに、いつの間にか注いでいた茶が湯呑の縁を超え、盆に溢《あふ》れ出《だ》していた。

美世は慌てて急須を置き、布巾でこぼれた茶を拭く。

しかし、心臓が信じられないほどうるさく鳴り、目の前がぐるぐると回っている気がして、手元が覚束《おぼつか》ない。

「おい、大丈夫か」

「だ、だ、大丈夫です!」

口ではそう答えても、動揺がいつまでも収まらない。

（わ、わたしの心臓、と、止まってしまわない？）

清霞と一緒に過ごす時間はとても好きで、落ち着くものなのに。こうしてふいに、どうしようもなく逃げ出したくなる。

誰にともなく、助けを求めてしまう。

「貸せ。私が拭く」

「いえ、わたしが！」

清霞は美世の動転ぶりを見かねたのか、布巾を奪おうとする。けれど、こんなことを夫となる人にはさせられない。

咄嗟《とっさ》に、美世は大きく布巾を持った手を後ろへ引いた。その手を追いかけ、身を乗り出した清霞があまりにも近くに迫る。

「う、ひぁ」

そのとき、美世の口から漏れたのは情けない声。

勢いのまま仰《の》け反《ぞ》り、後ろに倒れ込みそうになった美世の背を、清霞の腕が抱え込むように支え——二人は、抱き留められているような、押し倒されているような、奇妙な体勢になった。

顔が、近い。身体も、近い。……というよりも、ほとんど触れあっているようなもの。

『どうかしら。お式も近づいてきて、こう、同じ屋根の下で、二人で気持ちが盛り上がってきたりしないの？』

『はしたない、なんて逃げは今さらなしよ？　さあ、どうなの？　そろそろお布団を並べて寝てる？』

またもや、美世の脳裏に響く義姉の呪い。だが、そんなことを深く考えている余裕は、今はない。

「だん、なさま」

「お前のそれ」

美世の発した意味のない呼びかけを意に介さず、清霞は顔をますます美世の顔に近づけて、そして。

「いい加減、やめてみないか」

それが、葉月の言っていたことと同じ意味だというのは、沸騰してろくに働いていない頭でもわかる。

息が詰まり、美世はそのまま呼吸を忘れた。

「あ、その、わ、わたし」

清霞が美世の身体を静かに畳に横たえ、完全に覆《おお》い被《かぶ》さる体勢で美世を見下ろしてくる。

細い絹糸に似た、真《ま》っ直《す》ぐな清霞の髪が、さら、と彼の肩から流れ落ちて陰を作る。その瞳は凪《な》いでいて、けれどほんのわずかに熱を孕《はら》んでこちらを見つめていた。

「名で呼んでくれないか。この前のように」

決して荒くはないのに、互いの微《かす》かな息遣いにすべての神経が集中しているようだった。

美世は呆然と婚約者の端整な美貌を見上げる。早鐘を打つ鼓動が、耳の奥で大きく響いた。

どれだけそうして見つめ合っていただろう。

悲しいわけでもなく、うれしいわけでもなく、美世の視界はどうしてか、徐々に潤んでぼやけていく。

「旦那さま……わたしは」

「美世？」

あ、と無意識に熱い吐息が漏れ、目に溜《た》まった涙が雫《しずく》となってこぼれて、こめかみを伝った。

利那、清霞がまるで冷水を浴びせられたように、ぎょっと目を丸くする。

そうして、悲愴《ひそう》とも絶望ともつかない表情を浮かべ、あからさまな狼狽《ろうばい》とともに美世から距離をとった。

「すまない。悪かった」

「い、え」

柄にもなく早口で詫《わ》びてくる清霞は、美世にもはっきりわかるほど冷静さを欠いている。

美世はゆっくりと起き上がり、こぼれた涙を手で拭った。

「美世、私が悪かった。……少し、急ぎすぎた」

違う。清霞は何も悪くない。ただ、驚いてしまっただけなのだ。

葉月にいろいろと言われたのが今日の昼間で、戸惑い、神経が過敏になっているところ、思いがけず清霞本人からも名を呼んでほしいと請われて、混乱した。

（どうして？　旦那さまに触れられることが嫌だなんて、これっぽっちも思っていないのに）

むしろ、うれしい。

美世は清霞を拒絶できないし、したくない。彼を愛しているから、互いにさらに距離を縮めることを、ぬくもりを確かめ合うことを、幸せだと感じている。

しかし今は、目から次々と生温かい涙が溢れて、止められない。

「ごめんなさい。旦那さま、ごめんなさい」

きっと、傷つけてしまった。あんなふうに泣き出して、美世が清霞を名で呼ぶのも、彼に触れられるのも嫌がっていると、思われてしまったかも。

説明したくとも、涙ばかりが出てきて、肝心の言葉が上手《うま》く出てこない。

何も言えずにただ手で顔を覆う美世のそばに、おそるおそる、清霞が寄ってくる気配がした。

「すまない。謝らないでくれ。いいんだ。名など呼ばなくてもいい。今のは私がすべて悪かった」

彼にはありえない、なんとも覇気のない、恐縮しきった声音だった。

そんな声を彼に出させてしまった自分が、情けなくて堪《たま》らない。

どうしたら、清霞の誤解を解けるだろう。何と言えば、美世が嫌がったわけではないと伝えられるだろうか。

美世は申し訳なさと、恥ずかしさと、ぐちゃぐちゃになった思考とに翻弄され、泣きながら立ちあがる。

「美世？」

不安そうに見上げてくる清霞に、みっともない顔を見せられない。美世は顔を伏せ、着物の袖で隠して、身を翻した。

「わ、わたしは旦那さまが、す、好きです……！」

それだけを精一杯の勇気で言い残し、足早に居間を出る。そして、真っ直ぐに台所へ向かった。

その晩、美世はなんとか家事を滞りなく済ませたものの、清霞と顔を合わせられず、一睡もできなかった。


翌日は、あいにくの薄曇りだった。

春の暖かな日差しは灰色の雲に遮られ、吹く風はどこか冷たく湿っぽさを含んでいる。

「美世ちゃん。本当に、本当に、平気？」

「はい……」

隣に座る、いつにも増して心配そうな葉月に訊《たず》ねられ、美世はのろのろとうなずいた。

現在、美世と葉月は料理の勉強会が開かれる塩瀬邸へ向かって、久堂家の自動車で移動している。

昨晩の件があり、まったく眠れなかった上、朝になっても気まずく、清霞とは最低限、必要な会話をしたくらいで、ろくに目も合わせられなかった。

鏡を見たけれど、今日の美世の顔は泣き腫らし、さらに寝不足で、ひどすぎる有様《ありさま》だった。

葉月の心配ぶりを見るに、化粧でも隠しきれていないのだろう。

おまけに清霞とのことは何も解決していない。

「あの、確認するけれど、美世ちゃんの異能のせいではないのよね？」

「はい。異能は、まったく関係ありません」

「よかったわ。だとすると、清霞とのことね！」

葉月は手を叩《たた》き、わざとらしく明るい声を出す。

確かに清霞とのことだけれど、彼女が喜ぶようなことは何もない。正しくは、ありそうだったが、美世が全部、台無しにしてしまった。

すべてが重くのしかかり、ため息を吐《つ》く。飛び出たのは思ったよりも相当大きなため息で、さすがの葉月も何かを察し、眉尻を下げる。

「あー……その、ね。美世ちゃん。ほら、あの、愚弟の肩を持つわけではないけれど、二十八にもなって、あの子、結構、不慣れでしょう。いろいろと」

「…………」

「だから、何か不手際があっても大目に見てほしいなぁって。あまり、怒らないであげてくれないかしら」

どこかずれた葉月の弁明に、美世はかぶりを振る。

「違うんです。旦那さまは何も悪くなくて、悪いのは全部、わたしです」

祝言を控え、あんなにも幸せだったのに、昨晩からずっとぎくしゃくしているのがつらい。後悔してもしきれない。

「……わたしが、泣いてしまったから」

打ち明けると、葉月は優しく、手を握ってくれた。

「何か、嫌、だった？　清霞のこと」

「いいえ。旦那さまを嫌になることなんて、絶対にありえません。でも、なんだか、頭も胸もいっぱいいっぱいになってしまって」

気づいたら、泣いていた。感情が制御できず、溢《あふ》れて、止まらなかったのだ。

うつむく美世の肩を、葉月がそっと抱きしめる。その温かさに、強張《こわば》っていた身体《からだ》から少し力が抜け、ほっとした。

「わかるわ。結婚前って、喜びや希望、それに、不安や緊張が一気に押し寄せてくるわよね。好きな殿方との結婚なら、なおさら。私があれこれ口を出してしまったのも、いけなかったわ。ごめんなさい」

「お義姉《ねえ》さんは、悪くありません！」

「いいえ。あなたには、あなたの速度があるもの。急《せ》かしたのは良くなかった。ゆっくりでいいのよ。結婚したその日からすぐ関係を変えるなんて、できっこないし、今からすぐ変えるなんてもっと無謀だわ」

葉月のゆったりとした声が、荒《すさ》んだ心に沁《し》みていくようだった。

「たぶん清霞も、焦っている部分があったんじゃないかしら。でも、それで美世ちゃんを泣かせてしまったのだったら、今ごろ、地中深くに潜ってしまいたいくらい猛省しているに違いないわ」

「地中深く……」

美世はつい、地面にめり込み、埋まっていく清霞を想像する。珍妙な絵面に、思わず噴き出しそうになってしまった。

葉月は、すっと目を細める。

「清霞を傷つけたと悩む必要はないわ。あなたがたくさんの感情に戸惑っていることくらいはあの朴念仁でもわかっているはずだから。誰も、悪くないの。だから、あまり自分を責めないで」

「……はい」

「じゃ、今日はこれから存分に気分転換しましょう！　参加者はさほど人数は多くないはずだから、安心して。肩肘張らず、にこにこしていれば大丈夫よ」

快活に笑い、元気づけてくれる葉月に、ようやく、美世の気分は上向いてくる。

彼女の言うとおり、いったん、清霞とのことは端に置いておいて、勉強会に集中しよう。せっかくの機会を無駄にしたら、もったいない。

到着した塩瀬邸は、白い外壁に濃灰色の屋根、アーチ形の窓とテラスが特徴的で愛らしい、二階建ての洋風の屋敷《やしき》だった。

久堂家本邸ほどの豪邸ではないが、庭も広く、やはり裕福な名家らしい趣がある。

美世と葉月を乗せた自動車は、塩瀬邸の門から中に入り、玄関に横づけして停車した。

「さて、着いたわね」

運転手が自動車の扉を開け、葉月が意気揚々と降りていく。美世もその後に続く。

「ようこそ、いらっしゃいませ」

出迎えてくれたのは、落ち着いた印象の薄茶色のドレスを纏《まと》った、品の良《い》い、ふくよかな老婦人。おそらく彼女が、塩瀬夫人だろう。

「こんにちは、塩瀬さん。少しばかり、ご無沙汰しております。本日はお招きいただき、ありがとうございます」

葉月が丁寧に頭を下げ、挨拶をすると、塩瀬夫人もおっとりと笑んで、うなずいた。

「こちらこそ、来てくださってありがとう、葉月さん。会えてうれしいわ」

塩瀬夫人が、美世のほうを見た。

「葉月さん。そちらの可愛《かわい》らしいお嬢さんをご紹介していただける？」

「ええ。こちら、もうすぐ私の義妹になる、斎森美世さん。今日は、私が気分転換に誘いましたの」

美世は葉月の紹介を受け、一歩前に出て、ゆっくりと頭を下げる。

「斎森美世と申します。初めまして、本日はどうぞよろしくお願いいたします」

「まあ、ご丁寧に。わたくしが塩瀬です。こちらこそ、よろしくお願いしますね」

にこやかに応じてくれる塩瀬夫人に、美世はほっと息を吐き、ほんのりと笑みを浮かべて頭を上げた。

葉月から優しいご婦人だ、とは聞いていたものの、やはり実際に会うまでは、緊張していたのだ。

「では、さっそく我が家の厨房《キッチン》まで、ご案内するわね」

美世たちは、塩瀬夫人の先導で玄関から屋敷の中へ足を踏み入れる。

内装も外から見た印象と同じく、あまり華美すぎず、どちらかというとどこか可愛らしい雰囲気があって、心が浮上する。

厨房《ちゅうぼう》へ向かう途中、塩瀬夫人と葉月は軽く世間話をしていた。

「いいわね、葉月さんと美世さんはとても仲が良さそうで」

「そうなんです。ね、美世ちゃん」

「はい。お義姉さんには、日ごろから、とてもよくしていただいています」

美世が神妙に答えれば、塩瀬夫人は、くすり、と楽しげに口許《くちもと》を綻ばせた。

「うらやましいわ。婚家とお嫁さんの仲が良いのはいいことよ。ところで、葉月さん、芙由さんはご健勝かしら」

「ええ、それはもう。元気がすぎて、顔を合わせるたびに困らされます」

「ほほほ。相変わらずなのね」

塩瀬家も、昔はしばしば異能者を輩出してきた名家だと聞く。

現在はこの塩瀬夫人の孫がひとり、異能者として修行中の身らしいが、めっきり数も減り、あまり異能にはかかわらないようになっているそうだ。

その点では、考え方の違いはおそらくあれど、斎森家とも近い立場にあるといえる。

とはいえ、古くから異能を受け継ぎ、久堂家とは懇意な間柄だという。

「聞いているとは思うけれど、今日は大きな勉強会ではないの。あなたたちのほかに、若い奥さんやお嬢さんを七人ほどお招きしているわ」

「ふふ。もしかしたら、私が最年長かしら」

葉月がおどけて言うと、塩瀬夫人は「そう言われれば、そうね」と愉快そうに破顔する。

全員が葉月より年下だとすれば、本当に若い女性たちばかりの集まりであるようだ。美世もなじめるかもしれない。

荷物を別の部屋に置かせてもらい、美世と葉月は厨房に入る。

塩瀬家の厨房は、美世が見知った台所とは何もかもが違っていた。

最新の瓦斯《ガス》式のコンロに、なんでも焼けそうな大きなオーヴン。真鍮《しんちゅう》製の水道の蛇口は金色に輝き、壁や床は美しいタイルに覆われている。部屋自体も、ゆうに十人ほどは入れる広さがあった。

厨房には、すでに五人の若い女性がエプロンや割烹着《かっぽうぎ》を身につけて、和やかにおしゃべりをしながら、勉強会の開始を待っていた。

「あら？」

女性たちの中のひとりが、おしゃべりをやめ、入室した美世たちのほうを見る。それにつられて、他の女性たちの視線もこちらを向いた。

「塩瀬夫人。もしかして、その方たちが？」

女性たちの問いに、塩瀬夫人はにこやかにうなずく。

「ええ。順々に紹介しましょうね。――こちら、久堂葉月さんと、斎森美世さん」

美世は葉月とともに、会釈をして挨拶する。続けて、夫人の紹介で女性たち五人も次々に名乗っていく。

五人とも、塩瀬夫人のようにおっとりとして、柔らかな雰囲気を持つ女性ばかりで、美世もすぐにいくらか緊張を解くことができた。

しかし、夫人が勉強会の講師である料理人のもてなしのため、厨房をあとにすると、美世はあっという間に彼女たちに囲まれてしまった。

「斎森さん、今度、ご結婚されるのでしょう？　おめでとうございます！」

「は、はい。ありがとうございます」

「あの、久堂清霞さまと、ですわよね。いいわぁ、憧れちゃう」

「本当におめでたいことですわ。今はどこも、その話題で持ちきりなんですよ。きっと素晴らしい婚儀になるわねって」

「あ、ありがとうございます……」

ずい、と身を乗り出し、勢いよく迫られて、美世は慌てふためいた。

けれど、さすがに育ちの良さそうな彼女たちには荒々しさも、口調に嫌なものもなく、ひたすら、好奇心からの反応であることが察せられる。

「今日お会いできると聞いて、わたくしたち皆、楽しみにしていましたの」

「たくさんお話を聞かせてくださいましね。後日、友人に自慢しますわ」

「はい」

呆気《あっけ》にとられつつ、うなずく。それだけで、彼女たちはとても喜んでくれた。

こんなふうに素直に祝福されると、幸せなはずなのに悩んでいる自分が、とても贅沢《ぜいたく》で、馬鹿らしく思えてくる。

事実、今の美世はこれまでの人生で一番、幸せを噛《か》みしめているのだし、悩み、戸惑いはあれど、清霞とも、喧嘩《けんか》や諍《いさか》いがあったわけでもない。

「皆さま、ありがとうございます。温かいお言葉、とてもうれしいです」

美世は、話しかけてきた女性たちを見回し、折り目正しいお辞儀とともに微笑《ほほえ》んで礼を述べる。

「まあ」

女性たちはそんな美世を見て、ほう、と息を漏らした。

「おめでたいことですもの、お祝いするのは当然ですわ。ねえ、皆さん？」

「ええ、その通りです」

「もちろん、そうですわ。美世さんは、律義な方ね」

どうやら、美世は女性たちに良い印象を抱いてもらえたようで、場は一気にふわり、と柔らかな空気に包まれた。

その後、葉月も交え、美世は女性たちとしばし、おしゃべりに興じる。

話題はやはり、人付き合いや家事、趣味についてなど、各々の家庭でのことが多かった。

途中、美世に興味津々の女性たちからよく水を向けられたが、美世も特に不快に思うことなく、楽しく応じられた。

美世と葉月のあと、まだ来ていなかった参加者のひとりが到着し、勉強会開始の時間が近づく。

最後のひとりがやってきたのは、塩瀬夫人が、そろそろ料理人を厨房に呼ぼうかと言い出した頃だった。

「遅くなって、申し訳ございません」

ぎりぎりに入室した女性は、落ち着いた色味の一色染めながら、非常に緻密な柄の美しい小紋を纏い、線が細く、いかにも弱そうな雰囲気をしている。さらに、少し下がった眉尻が、彼女をより弱々しく見せていた。

「いいえ、時間には遅れていませんから、そう恐縮なさらなくて大丈夫よ。――皆さん、彼女は、長場君緒《ながばきみお》さんよ」

「長場です。お待たせしてしまい、申し訳ございません。よろしくお願いいたします」

女性──君緒は、身を縮めて頭を下げる。見ているこちらが申し訳なくなってくるようだ。

しかし、美世はそれよりも何か、引っかかるものを感じた。

(君緒さん……どこかで聞いた、ような?)

どこか、脳の奥の、遠い記憶の中で、その名が揺らめく。

美世の交友範囲は広くない。ただ、人とのかかわりは昔からひどく希薄で、知り合いなのか、あるいは新聞や雑誌で目にした名前か、はっきりしない。

「美世ちゃん、どうかした?」

首を捻《ひね》る美世の様子が気になったのか、耳元で、葉月が囁《ささや》く。

「あ、いえ。たいしたことでは」

「そう?」

妙な引っかかりはあれど、『気のせい』の域を出ない。葉月に相談するまでもないことだ。美世の答えに、葉月は食い下がらず、そのまま、話題は流れていく。

時間になり、参加者が全員揃《そろ》って、いよいよ料理の勉強会が始まった。

塩瀬夫人の案内で厨房に入ってきたのは、美世にとっては見慣れない、大柄で、髭《ひげ》をたっぷりたくわえた外国の男性の料理人。

真っ白な両前の調理服を着、同じく白く長い帽子を被《かぶ》った料理人の姿を初めて目にし、美世はついまじまじと見つめてしまう。

隣の葉月が言うには、外国の料理人——コックは皆、あのような格好をしているらしい。

そして、何より驚いたのは。

(塩瀬夫人が通訳も務められるのね)

そう、欧州出身で、帝国の言葉を話せない料理人の話を、塩瀬夫人はきちんと聞き取り、翻訳して、こちらに話してくれる。

彼女自身、料理人と同じ異国の言葉を流暢《りゅうちょう》に紡ぎ、会話もお手の物であるようだ。

(すごい……)

挨拶くらいがせいぜいの美世とは大違いで、心の底から感服する。

「では、本日は彼、ムッシュ・ジェロームから、いくつか本場のお料理を教わりましょう。さっそくお手本を見せていただきましょうね」

塩瀬夫人の合図で、さっそく、手本の調理が始まった。

美世はそれからしばらくの間、驚きとおしだった。

まず、包丁さばきからして、料理人、ジェロームの手つきは、美世の知るものとはまるで違っている。また、食材やその扱いも、どれも見慣れない。

丸々としたキャベツや、鮮やかな緑色をしたアスパラガス、パセリ、玉ねぎなどが、次々と形を変えていく。

タルト生地に卵と白いクリームをたっぷり使い、野菜とベーコン、チーズを入れて焼き上げたキッシュ。

野菜と肉を、塩と香辛料の味付けでじっくりと煮込んで作るポトフ。そば粉を使って薄く焼いた生地で、さまざまな食材を包む、ガレット。

熱々の湯気を立てて、どれも、たいそう美味《おい》しそうな匂いを漂わせている。

どうやら、あまり外国の料理を知らない美世たちのために、作り方が難しくない料理を選んで教えてくれているようだ。

美世も、そして、他の参加者たちも、夢中になって料理人の手元をのぞきこみ、熱心に手帳などに手順を書きつけていく。

料理の最中で、わかりにくいことがあれば、塩瀬夫人もその都度、丁寧に説明してくれ、帳面がどんどん埋まっていった。

「美味しそう」

「本当ねぇ。私にも料理ができれば……口惜《くや》しいわ」

美世の呟《つぶや》きに、隣で葉月が口惜《くちお》しそうに返す。

いくら難しくない料理とはいえ、素麺《そうめん》を茹《ゆ》でることすら困難な葉月には、今回教わった料理も厳しいだろう。

(その分、わたしが)

しっかりと学び、清霞や葉月を喜ばせよう、と美世は内心で決める。

「では、皆さんで少しずつ、試食してみましょう」

手本の料理は、満腹にならない程度に少量ずつ皿に盛られ、各自に振る舞われた。

いざ実食すると、今まで食べたことがないような、不思議で、珍しい味ながら、たいそう美味だった。美世も葉月も、参加者全員が感激で言葉にならない声を上げる。

料理だけではない。休憩を兼ね、ゆっくりと試食の時間がとられ、一緒に、塩瀬夫人が手配した紅茶も供される。これにも、皆から控えめに歓声が上がった。どうやら、塩瀬夫人の紅茶は美味しいと好評らしい。

(お祝いはうれしいけれど、少し疲れたわ……)

質問攻めもどうにか一段落し、葉月も、夫人や他の女性数人と談笑を始め、美世はひとり、壁際に用意された椅子に座ってようやくひと息ついた。

昨晩の寝不足も祟《たた》って、身体《からだ》がやや重たい。多くの人の声にずっと囲まれているのは、神経を使うものだ。

（この紅茶、本当に美味しいわ。それに料理に合う）

ぼんやりと、香りのいい紅茶と、異国の料理を口に運びながらしばし休む。すると、少し経《た》ってから、隣の椅子に長場君緒が近づいてきた。

「あの、お隣、よろしいですか」

「どうぞ」

美世がうなずけば、君緒は安堵《あんど》を浮かべ「ありがとうございます」と美世の隣の椅子に腰かける。

何か、用だろうか。

美世は自分の中にある、君緒への引っかかりを再び探り出す。

しかし、美世が自分の記憶の中から掘り出すまでもなく、君緒のほうから、答えに繋《つな》がる手がかりを示されることになった。

「斎森、美世さん。ですよね？」

「ええ、はい」

ふいに問われ、首肯する美世に、君緒はうれしそうに表情を明るくする。

「やっぱり！　あの、覚えていませんか？　私、今は結婚して長場を名乗っていますけれど、旧姓は本江《ほんごう》でした」

「本江……君緒、さん」

「はい、そうです」

答えは喉元まで出かけている。が、思うようにはっきりと浮かんでこない。

君緒の口ぶりからして、どうやら昔の知り合いのようだ。

だとすると、美世が誰かと知り合えたのは、斎森家の外に出ることがまだできた時代
——尋常小学校時代までさかのぼる。

（小学校？）

そこでようやく、脳裏に閃《ひらめ》くものがあった。そうだ。確か、同じ教室にいたはず。本江という少女が。

「もしかして、小学校のときの同級生、だったでしょうか？」

「そう、そうです！　まさか、ここで会えるとは思いませんでした」

大人しく、弱々しげだった君緒だが、手を打って喜びをあらわにする。

一度思い出すと、奇妙なことではあるけれど、小学校に通っていたときの記憶が次々と蘇《よみがえ》ってくる。

その記憶の中には、幼い君緒の姿もあった。

「本当にお久しぶり！　斎森さん、とても素敵な淑女になられているから、実は最初、少し自信がなかったのだけれど。でも、ご本人でよかった！」

「お久しぶりです。本江さんは、昔も今も、物静かで大人っぽくて素敵ですね」

「ありがとう」

心から喜ばしい、といわんばかりに破顔する君緒。

正直なところ、美世と君緒は特に親しかったわけではない。

美世は元より、家で継母《ままはは》や異母妹との関係が悪く、苦労も多かったため、学校でもあまり元気がいいとはいえず、友人らしい友人はいなかった。

一方、君緒も大人しい性格で、振る舞いも他の子どもたちより若干、大人びたところがあり、たくさんの友人を作るほうではなかったと記憶している。

ようは、美世も君緒も、教室で孤独に過ごしている時が長かったのだ。ゆえに、互いにたいした接点がない。

ただ、似たように教室で過ごしている者同士だったからこそ、こうして十年近く経っても思い出すことができたのだとも思う。

（にぎやかな子たちは遠い世界の人のようで……名前を言われても、思い出せなかったか

もしれないもの）

外に出るようになればこういった縁もあるのだと、初めて知り、感慨深い。美世は子どもの頃に、少しばかり、思いを馳《は》せる。

「私ね、斎森さんのことはちょっと前に知っていたんです」

君緒がぽつり、と口を開いた。

「あ……結婚のこと、でしょうか？」

「ええ。新聞か、何かの記事で、久堂さんの結婚の話題を見かけて。そこにお相手が斎森さんだと書いてあったから、もしかして、同級生だった斎森さんかしら？　って」

「そうだったんですね。……本江さん、いえ、君緒さんは、いつご結婚を？」

美世が訊《たず》ねると、「二年前よ」と君緒は笑う。

「女学校を出て、すぐに。縁談そのものは、在学中からあったのですけれど」

先ほどまでとは打って変わり、君緒は、どこか哀愁のようなものを滲《にじ》ませて目を逸《そ》らす。

それは、この厨房《ちゅうぼう》に入ってきたときの、恐縮しきった彼女の様子を思い出させた。

纏《まと》うのは、どこか、疲れた雰囲気。

「こんなことを訊《き》くのは失礼かもしれませんが」

君緒はそう、前置きをして続ける。

「斎森さんは、何か、大変な思いはしていませんか？　久堂さんは、ほら、あまりいい噂《うわさ》のない方でしょう。憧れているご令嬢も多いみたいだけれど、泣かされた方もたくさんいるとかいないとか」

思わず、返答に窮した。

前半はすぐに否定できる。清霞と婚約したことで、確かに困難は数多《あまた》あったが、それらの原因のほとんどはどちらかというと美世にあり、きっと相手が清霞でなければ、乗り越えられなかった。

だが、後半の部分。

清霞にいい噂がないのは本当であり、泣かされた令嬢が大勢いることも、まぎれもない事実のようなのだ。

葉月は、噂の半分は故意に流されたものだというが、逆にいえば、もう半分は単なる事実である、という意味である。

「いいえ。わたしは、とても……良くしていただいているので」

慎重に言葉を選び、美世が言うと、君緒は目を見開いた。

「そうですか？　ひどいことを言われたり、されたり、していません？」

「はい。優しい人ですから、そのようなことは、まったく」

出会ってからこれまで、清霞を噂どおりの冷たい人物だと思ったことは一度もない。美世は自然と頬が緩むのを感じながら、君緒にうなずいてみせる。

すると、わずかに君緒の瞳が翳《かげ》った気がした。

「愛されているんですね、きっと。……うらやましい」

「君緒さん？」

「ね、実は私、新婚さん向けのとっておきのおまじないを知っているんです」

君緒の様子がおかしいように見えたのは一瞬で、彼女はすぐに、ぱっと朗らかな表情に戻り、そう言った。

「おまじない？」

無論、美世もまじないの存在は知っているし、主に女性たちの間ではしばしば流行するものであるのも承知している。

けれど、実際にそういったものに触れた経験がないので、今ひとつ、ぴんとこずに首を傾《かし》げた。

君緒はそんな美世を見て、弾んだ声で『おまじない』について説明する。

「はい。このおまじないをすると、新婚さんが幸せになる、上手《うま》くいく、夫婦円満になるって密《ひそ》かに広まっているもので」

「へえ……」

「雨降って地固まるって、言うんでしょうか。私も結婚するときに聞いて、実際に上手くいったからこっそり教えます。ただ、私の話を聞いてくれるだけでいいので」

「話を聞くだけ？」

「ええ。今から私がする話――昔話のような、おとぎ話のようなものなんですけれど。それを聞くだけで、幸運が訪れるんですよ」

そんな都合のいいまじないがあるのか、と美世は少々疑問に思ったが、ただ話を聞くだけ、と言われれば、わざわざ断るというのもおかしい。

（聞くだけなら）

まじないも、術――呪術の一種であるらしい。

ただし、それは全部が全部そう、というわけではなく、むしろ、呪術的な意味など何ひとつない、単なる児戯である場合が多いとか。

そう、異能や術について教えてくれた従兄《いとこ》、薄刃《うすば》新《あらた》は言っていた。

「話してもいいですか？」

「はい。お願いいたします」

何より、美世を案じてくれ、再会を喜んでくれた君緒の気持ちを無下にはしたくない。

美世が促すと、君緒は楽しそうに昔話を語りだす。

「昔、昔。あるところに、とても悪名高いお殿さまがいました――」

物語はごく短いものだった。

横暴で、残酷で、いいところなどひとつもない、嫌われ者のお殿さま。彼はある日、とても美しい姫君を見つける。

どうしてもその姫君がほしいと、無理やりさらい、妻として手元に置くお殿さま。

姫君は当然、帰りたいと毎晩泣く。そこで、お殿さまはどうしていいかわからず……姫君の両親を殺し、屋敷《やしき》を燃やして、姫君が帰る場所を消し去ることにする。

「……ええと、なんといえばいいのか」

君緒の語る物語の途中で、美世は思わず口を挟んだ。

新婚の人間に聞かせるには、いささか、物騒すぎる内容ではなかろうか。少なくとも、到底、幸せにはなれそうにない展開である。

君緒は「そうですよね」と苦笑する。

「でも、単なるおまじないですから」

そうして、物語の続きが語られる。

――お殿さまが両親を殺そうとしていることを、姫君は事前に知ってしまう。

すると、彼女は『もし両親を殺し、屋敷を焼き払おうものなら、自ら命を絶つ』と自害をほのめかし、お殿さまを説得。

お殿さまは、それだけは耐えられないとすぐさま計画を止め、命令を撤回する。

こんなことは二度としないでほしいと懇願し、人の心の痛みを考えてほしいと訴える姫君に、お殿さまは心を入れ替え、それからは良き君主となって領地を治めた。

姫君は、そんなお殿さまのそばで、彼を支え続けたという。

「めでたし、めでたし」

締めくくった君緒に、美世は何ともいえない反応しか返すことができない。

（まったく、めでたくないお話だったわ……）

物語の最初から感じていた印象は変わることなく、どこをどう聞いても、良《い》いところがないまま終わった。

強いていえば、横暴なお殿さまに虐げられていたであろう領民は、最後に救われたかもしれない。だが、姫君は永遠に報われないままである。何せ、両親を殺そうとした男と夫婦として暮らさねばならなかったのだから。

胸に、ぴりり、と痛みに似た、痺《しび》れが走る。

「姫君がかわいそう」

「……ええ。私も、本当にそう思います」

美世が呟《つぶや》くと、君緒も同意する。

めでたし、とは言いつつも、どうやら君緒も美世と同じことを思っていたらしい。

「嫌ですよね、人がそう簡単に変わるわけがないもの。横暴で、残酷なお殿さまの根っこだって、きっと変わらなかったはずです。姫君は一生、お殿さまに怯《おび》えながら暮らしたのかもしれないと考えたら……」

目を伏せた君緒は、光の加減か、やけに顔色が悪く見える。

美世の手の中にあるティーカップはすっかり温度をなくし、中の紅茶も冷めてしまっていた。

（でも、そんなことは現実にいくらでもあったんだわ）

美世だって、もし清霞が噂どおりの人物だったなら、どうなっていたかわからない。今ごろ、生きていなかった可能性だってある。

「ごめんなさい。変な話をして、空気を悪くしてしまいました。実際に話してみたら、思っていたよりも、気分がよくありませんでした」

「気にしないでください。そういうこともあります」

君緒が申し訳なさそうに首をすくめるので、励ましの言葉をかける。

けれど、おまじないだとか、こういった他愛のない会話を元同級生とできたのは、美世にとって間違いなく、心躍る出来事だった。

まるで、子ども時代に過ごせなかった友人との時間を、取り戻しているようで。

「わたしは、君緒さんとお話できてうれしかったですから」

「そ、そう？」

「はい。小学生の頃は、誰ともこういうおしゃべりはできませんでしたし……」

美世の世界はあまりにも狭く、閉じていた。余裕がなく、自由もなく、幼い身では己を守ることで精一杯で。

そんな自分を、今は変えることができていると実感できたのが、喜ばしかった。

「私も、本当は昔から、斎森さんと話してみたかったの。また会えて、おしゃべりもできて、夢みたいでした」

そのとき、ちょうど、離れたところから塩瀬夫人が君緒を呼んだ。君緒は「はい」と夫人に返事をして、席を立つ。

「それじゃあ」

あっさりとした会話の終わり。美世は、そっと息を吐く。

短いけれど、充実した時間だった。さすがに、元同級生と再会するとは思っておらず、不思議な心地だ。

君緒が言ったように、どこか、夢見心地なようでもある。

(同級生……きっと皆、立派な大人になっているのよね)

自分はどうだろうか。立派では、ない気がする。いつまでも己の感情に振り回されて、ままならない。

「美世ちゃん」

「お義姉《ねえ》さん」

他の女性たちとの交流を終えたらしい葉月が、こちらに近づいてくる。

「これから、いよいよ実践ですって。美世ちゃんも、いってらっしゃいな」

「はい。頑張ります」

異国の料理に挑戦できるとあり、むくむくと、美世の胸に期待が膨らんでいく。清霞に喜んでもらうためと思えば、それだけでやる気がみなぎってくるようだ。

(旦那さま。待っていてください)

昨晩の失態は、必ず取り返す。そのために、新しい料理を作れるようになって帰るのだ。

「元気ねぇ。……ところで、美世ちゃん。長場さんとずいぶん長く話していたみたいだったけれど──」

やや怪訝《けげん》な面持ちで葉月が訊《たず》ねてくるので、美世は小さく手を振った。

「そんな、たいしたお話をしていたわけではなくて……ただ、君緒さんがわたしの昔の同級生だったんです」

「まあ。そうなの？　小学校の？」

「はい」

うなずけば、葉月は驚いたあとに「それはよかったわね」と目を輝かせる。

「どう？　元同級生と話せて、楽しかった？」

「はい！　なんだか、とても新鮮で」

またひとつ、新しい経験ができて、新しい感情を知ることができた。

もし、斎森家にいたままだったら、もし、自分が何も変われていなかったら、一生、知らずにいたかもしれないことを。

料理の実践が始まると、美世は一気に夢中になった。

もともと、新しい知識を身につけるのは好きだし、それが、日常的に好んで行っている料理という分野であれば、なおさらだ。

「斎森さんは、お料理に慣れていらっしゃるのね」

「手つきが慣れていて素晴らしいわ」

こういった調子で、周囲の女性たちが口々に褒めたたえてくれるので、照れくさくはあったけれど、美世は自分でも生き生きと動けているのがわかる。

一方、調理に参加するわけにはいかないと、頑《かたく》なに固辞していた葉月も、途中、断り切れなかったのか、なぜかその腕前を披露することになり——。

「きゃあ！」

早々に、盛大な悲鳴が上がる。

「大変！　食材がぐずぐずに崩れてしまったわ！」

「オーヴンから煙が」

「ガレットの生地がすべて粉々に」

少しも経《た》たないうちに、女性たちから、次々に恐慌や悲嘆の声が聞こえてきた。

「ごめんなさい！　ああもう、やっぱり手を出すんじゃなかったわ」

同時に、葉月の謝罪と後悔の言葉が耳に入ってくる。

彼女が参加すると知ったときから、はらはらと状況を見守っていた美世は、予想どおりの混乱ぶりに苦笑することしかできなかった。

◇◇◇

夜——縁側を開け放って月見をするには、日没後はまだ肌寒い。

風呂から上がった美世は、寝間着の上から薄手の羽織《はおり》だけ肩にかけて、細く障子を開け、空を見上げる。

湯冷めしないよう、ほんの少しの時間だけのつもりで。

月は明るく光っており、無数の星が絶えず瞬《またた》いている。春の夜空も、美しい。それをまた、実感できた。

「美世」

ふと、呼ばれて振り返ると、清霞が静かに佇《たたず》んでいる。

物憂げ、とまではいかないまでも、やや不安そうな色が浮かんでいる。原因は、昨晩の件だろう。

先ほどの夕食のときもまだ、互いに顔色をうかがっているような状態で、ろくに会話もできなかったのだ。

昨日と同じ状況にならないよう、知らず、夕食前後に何かやりとりをするのを避けていたのかもしれない。

「旦那さま……昨日は」

謝るべきか、それとも、弁明すべきか。

美世が視線をさまよわせていると、清霞が美世のすぐそばまで歩を進め、触れ合うにも十分な距離まで近づいて、立ち止まる。

「私は、お前の言葉を信じる」

「え?」

美世は意表を突かれ、清霞の顔を見上げる。彼の瞳は、じっと美世を見下ろしていた。

「……好きだと、言ってくれた、だろう」

「は、はい……」

あらためて確認されると、恥ずかしいなどというものではない。

昨日は勢いにまかせて、とんでもないことを口走ってしまったと、今すぐ顔を手で覆ってうずくまってしまいたい衝動に駆られる。

心なしか、清霞も照れているようで、微妙に目線が横に逸《そ》れていた。

「だから、その、わかっていると、言いたかった。……お前の気持ちは、きちんと伝わっていると」

なんと返せばいいのか、わからない。

恥ずかしいことを告げてしまったけれど、清霞がそう受け止めてくれたのなら、これほどうれしいことはない。

「だ、旦那さま」

どうしてだろう。上手《うま》く、言葉が出てこない。痛いほどに、心拍数が上がっている。

「手を、握ってもいいか？」

「え……」

美世がはい、とも、いいえ、とも言えないうちに、ゆっくりと、清霞の手が伸びてくる。

美世の両手に、清霞の両手が触れる。

その瞬間、美世の喉が、舌が、唇が、勝手に動いていた。

「う、……嘘《うそ》、です」

――いったい、自分は何を言っているのか。

何も、何も、呑《の》み込めないまま、身体《からだ》が美世以外の意思によって勝手に動いているようだった。

「なにがだ？」

「わ、わたしが、旦那さまを、す、好きです、と言った、こと……」

清霞の目が限界まで見開かれ、彼が絶句しているのが、その表情からありありと読み取れる。

こんなこと、言いたいわけがない。昨日の言葉は決して嘘などではなかった。

(え、え？　ど、どうして？)

ひとりでに動き出した口が、止まらない。

「……わたしは、旦那さまなんて……き、きらいです！」

「なん、だと？」

清霞は呆然《ぼうぜん》と呟《つぶや》き、彼の両手は急に力を失って、おもむろに落ちる。

(なんで、どうして、わたし、なんてこと)

嫌い、だなんて、清霞に対して生涯、使うことはありえない言葉。それが、こんなにも簡単に自分から出たのが、にわかに信じられない。

ひどい動揺と、衝撃と、罪悪感と……自分に対する怒り、落胆。あらゆる負の感情がないまぜになって渦を巻き、美世の心を埋め尽くす。

「わたし、怒っています」

清霞に憤りなど微塵《みじん》も抱いていない。怒るとすれば、それは自分に対してだ。

本心とはまるで違う感情が、ほかでもない美世自身の口から次々と紡ぎ出されていく。

「旦那さまが、あんな、助平な方だとは思いませんでした！」

「す、すけ……!?」

「破廉恥です！　信じられません！」

「……は、はれんち……」

「わたし、わたしは、旦那さまと……そ、そういうことは、できません！」

「そう、だったのか……」

だんだんと、清霞の声が小さくなり、肩が下がっていく。

頭の片隅にもなかったような、見当違いの単語が溢《あふ》れ出《で》てくるのが止められず、美世はついに、自らの手で、自らの口を塞ぐ。

（どうして、どうして、どうして！）

助平だの、破廉恥だの、なぜこんなにも清霞を傷つける言葉を言ってしまうのか、わけがわからない。

昨晩よりもずっと、思考と感情とが滅茶苦茶《めちゃくちゃ》に混じり合い、正常さなどとうになくなり、美世の視界はぐるぐると回って、真っ暗になる。

手も足も、自由に動かせる。それなのに、どうしてか、口だけが勝手に動く。

美世は半泣きになりながら、咄嗟《とっさ》に身を翻し、その場から脱兎《だっと》のごとく逃げ出した。

二章　心ときめく

清霞《きよか》はただ立ち尽くし、打ちのめされていた。

足の裏が床に貼りついてしまったかのようで、自分に背を向けて駆けだした美世《みよ》を追うことなど、とてもできずに。

(なぜ、こんなことに)

昨晩から、何度も、何度も自問し、なんとか解決できるかと思えば、またわからなくなった。

今日の日中、五道《ごどう》に、

『そりゃあ、隊長が十分に配慮しなきゃだめですよ～』

などと、頼んでもいないのに勝手に助言をされ、しかし、それもそうかと納得し、少しずつ歩み寄る努力をしようと決めた。

男女としての想《おも》いは、これまで深めてきた自信はある。

清霞は美世に愛を乞い、美世はそれに答えてくれた。

『愛しています。清霞さん』

　あのときはまるで夢のようにうれしくて、自分でも恥ずかしくなるほど、舞い上がっていたと思う。

　だが、恋人らしく、夫婦らしく、というとからっきしだったのも、承知していた。

　せいぜいが、子どもみたいな口づけだけ。あとは、抱きしめたり、手を繋《つな》いだり。そのまま子どものお遊びに等しい、清すぎる関係を貫いてきた。

　五道なぞに指摘されるまでもなく、このままでは祝言を迎えても、一歩も前に進めないのではないかと危惧していたのだ。

　だからこその、あの失策。

「はあ……」

　清霞は頭を抱え、大きなため息を吐《つ》いて、しゃがみこむ。

　この姿を誰かに見られれば、今後一生、からかわれるに違いない。だが、今だけはそうせずにはいられなかった。

（昨晩のあれは、ない）

　性急すぎた。気ばかり急《せ》いていたと、言わざるを得ない。嫌いと言われ、助平だ、破廉恥だと非難されて当然だ。

（やはり、美世は私を許していなかった）

あんなふうに強引な真似《まね》さえしなければ。

『……わたしは、旦那さまなんて……き、きらいです！』

深々と、美世からの拒絶が胸に刺さる。

助平、破廉恥、その通りだ。弁明のしようもない。泣きたいけれど、泣く資格もない。

ひとしきり後悔に苛《さいな》まれ、清霞は勢いよく立ち上がる。そして、早足で自室へと向かい、迷いなく寝間着を脱ぎ捨て、仕事着である軍服に袖を通した。

風呂上りで、まだかすかに湿り気を残した長い髪に雑に櫛《くし》を入れ、薄花色《うすはないろ》の組紐《くみひも》で手早く結う。

清霞はそのまま、出勤の支度を整えて、逃げるように家を出た。

さながら、敵前逃亡。恥ずべき、情けない敗走だった。


「それでひと晩じゅう、帰りもせず、屯所にいたわけ？　うわ……ぷっ」

眉をひそめたあと、盛大に噴き出したのは、日もすっかり昇った昼近くに屯所へやってきた清霞の配下、辰石一志《たついしかずし》である。

彼は軍属ではないものの、異能者であり、清霞の下についているため、協力者としてこうしてよく屯所に顔を出していた。

その一志と並び、五道もまた、腹を抱えて呼吸困難に陥っている。

「わ、笑ってやるなよ……っ、ぷ、くく……た、隊長だって、くっ、真剣なんだぞ」

窘《たしな》めが窘めになっていない五道に、清霞の苛立《いらだ》ちは最高潮に達していた。

清霞が五道に、率先して事情を打ち明けたわけではない。

ただ、朝、出勤してきた五道は、夜間勤務だった隊員から「帰ったはずの隊長が、なぜか夜になって急に屯所に戻ってきた」、「そのままひと晩じゅう帰らず、執務室に籠って仕事をしていた」という情報を聞きだし、どういうわけかそこから芋づる式に真実を導き出してしまった。

しかも、五道がそれを笑い話として、あとからやってきた一志に暴露したため、この最悪な状況が生まれたのだ。

（……締め上げるか、いや）

そんな気力も元気も、ありはしない。

清霞は昨日の夜、家を出て、この屯所に戻り、ずっと机に向かっている。けれど、ちっとも集中できず、ただただ時間を浪費していた。

目は書類の文字列を追っていても、内容がまったく入ってこない。

おまけに少しでも気持ちがうわの空になると、瞬く間に昨日の美世の言動で頭の中がいっぱいになる。

『……わたしは、旦那さまなんて……き、きらいです！』

『旦那さまが、あんな、助平な方だとは思いませんでした！』

『破廉恥です！　信じられません！』

思い出しても、心をえぐられる。しかし、ああして罵られて当然のことをしたのだと、あらためて深く反省もしていた。

「はあ……」

清霞が特大のため息を吐《つ》くと、部下二人の大笑いがいっそう、激しくなる。鬱陶しく、騒々しくてたまらない。

なにより、清霞は自分に呆《あき》れた。

『わたし、怒っています』

そう言った、婚約者の姿。らしくなく、吊《つ》り上《あ》がった眉と目尻に、やや潤んだ黒い瞳。むす、と強く結ばれた唇……そして、じっとこちらを睨《にら》んでいるようで、あまりに迫力に欠け、上目遣いになっているだけの目つき。

怒っている美世に、清霞は不謹慎にも思ってしまったのだ。

――可愛《かわい》らしい、愛《いと》おしい、と。

（私は、どうかしている）

真剣に憤っている相手に、可愛い、はさすがに失礼だろう。

だが、悲しんでいるでもなく、苦しんでいるでもなく、ただ純粋に怒る美世を初めて目撃し、申し訳なさと同時に湧きあがった気持ちがそれだった。

さらには、初めて美世が怒ってくれたことに、感激する気持ちすらある。

夜通し思い返しても、それらの感情が脳内の同じ場所を堂々巡りしていただけだった。

「隊長、その顔、悩んでいる顔じゃないですよね？」

笑いすぎて滲《にじ》んだ涙を指で拭いつつ、五道がすぐさま、目ざとくつっこんでくる。

「どうせ、喧嘩《けんか》したけど婚約者が好きすぎてたまらない、ってやつでしょ」

肩をすくめ、呆れ笑いとともに、一志が当たらずとも遠からずの発言をし、それに五道もうなずいた。

「ああ、痴話《ちわ》喧嘩だから」

「そ、痴話喧嘩だから」

日頃は犬猿の仲であるのに、こういうときばかり、やれやれ、と息ぴったりな五道と一志。もはや、いちいち腹を立てるのにも疲れた。

痴話喧嘩といわれれば、そうなのだろうが。

(それにしても、あんなふうに怒るとは)

美世が怒ってくれたことは、それだけ信頼関係が築けたようでうれしい。しかし、彼女らしいかといえば、否だ。

つまり、らしくない言動をさせてしまうほど、彼女を傷つけたというわけである。

清霞はこの際、恥を忍ぶ覚悟を決める。

「——お前たち」

何かを察したのか、にやにやとこちらを見返してくる五道と一志に、清霞は苦虫を嚙《か》み潰したような形相になるのを自覚しつつ、声を絞り出す。

「……女性に効果的な、謝罪の仕方は、どんなだ」

代償として、死ぬまでからかわれ続けるであろう、話の種を提供する羽目になったのは、いうまでもない。

◇◇◇

あの夜、美世が清霞に向かい、とんでもない暴言の数々を吐いてしまってから、二日が経《た》った。

未《いま》だに清霞とはぎくしゃくしたままである。

というのも、美世は清霞と話そうとするたびに、本心とは違う言葉を発してしまうため、会話自体を避けるしかないからだ。よって清霞との接触もなるべく避けている。

そんな有様《ありさま》では、状況の改善など望めない。

（わたし、どうしてしまったのかしら……）

身体《からだ》に不調はなく、相変わらず、普段どおりに自由に動く。また、清霞以外の前では、ごく普通に話ができるのだ。

「ゆり江《え》さん。わたしは、どこかおかしいのでしょうか」

「そうですねぇ」

数日ぶりに清霞の家に使用人の仕事をしに顔を見せたゆり江は、美世の相談に耳を傾け、考え込む素振りをした。

「祝言を間近に控えられて、少し、神経質になっていらっしゃるのでは？」

至極まっとうな意見に、美世は押し黙る。

人生の大先輩であるゆり江がそう言うのなら、そうなのかもしれない。けれど、神経質になっているからといって、口がひとりでに動き出すものだろうか。

「……旦那さまにひどいことを言って、謝ることもできないなんて」

謝罪しようにも、そのような類の言葉を言おうとすると、途端に喉が詰まったようになり、声が出なくなる。

こうして、ゆり江と話していても、何も不都合は起きないのに。

「あら、そろそろ旦那さまと奥さまがいらっしゃる頃ですね」

ゆり江がふと時計に目をやり、呟《つぶや》く。

今日はこの、清霞の住まう小さな家に、彼の両親である正清《ただきよ》と芙由《ふゆ》がやってくる予定だ。美世の義父、義母となる彼らは実は、この家に一度も来たことがないのだという。

そういうわけで、式に参列するため、帝都にやってきているこのときがいい機会だと、正清の希望で二人はこの家に訪れることになった。

ちなみに、清霞はこの件についてただ「好きにさせておけ」と無造作に言い放っただけである。

どちらにせよ、今日も出勤している清霞は、この場にいない。

昼前、太陽もだいぶ高く上がり、雲間から薄日が差して暖かくなってきた頃、正清と芙由の二人が自動車に乗って、姿を現した。

「やあ。ごほごほ……、こんにちは」

着物の上からコートを何重にも纏《まと》った、真冬のような装いの、おおよそ中年には見えない男性――久堂《くどう》正清が、軽く片手を挙げ、咳《せき》をしながら、まず自動車から降りてくる。

身体が弱いのは相変わらずのようだ。

続いて、肩に厚手のショールをかけた、ドレスの女性が正清の手に掴《つか》まり、ゆっくりと降車する。正清の妻であり、清霞の実母、芙由だ。

こちらも少し前に会ったときと変わらず、高価そうなドレスを優雅に着こなし、きりり、と険しい目つきをしていた。

「みすぼらしい家ね」

開口一番、芙由は扇子を口許《くちもと》に当て、吐き捨てる。

(そ、想像どおり……)

美世は「いらっしゃいませ、お待ちしておりました」と挨拶をしつつ、内心でそっと苦笑する。

芙由はこれまで、この家にいっさい近寄ろうとしなかったらしい。

理由はおそらく、帝都の中心からやや離れた長閑《のどか》な郊外の田舎という立地、そして、清霞の買った家がどのような家なのか、伝聞か何かで知ったからだろう。

洋風の装いや調度、派手で華美なものを好む彼女の、そんな、まったく趣味に合わない家を見たときの反応は、さすがの美世にも事前に見当がついていた。

しかし、こういう部分だけ見れば、芙由はかなり嫌みな性格の女性ではあるが、そればかりでないのを今の美世はもう知っている。

「こら、芙由ちゃん」

「事実ですわ。まったく、久堂家当主ともあろう男が、このような貧相な家に住んでいるだなんて」

芙由は、正清が窘めてくるのをものともしない。

それに、ははは、と何を考えているのかわからない軽快な笑みを浮かべたあと、正清の目は、美世の隣に立つ、ゆり江へと向いた。

「ああ、ゆり江も。芙由ちゃんから、話は聞いていたけれど、会うのは久しぶりだね。元気そうで何よりだよ」

「はい。ずいぶんとご無沙汰してしまい、申し訳ございません。このとおり、ゆり江はまだまだ、使用人として坊ちゃんのもとで元気に働かせていただいております」

「結構、結構」

「どうぞ、中へ」

挨拶がいったん落ち着いたのを見計らい、美世は家の中へ、正清と芙由をうながす。

けれど、そのすれ違いざま、ふいに正清が足を止め、まじまじと不思議そうに美世の顔を見つめてくる。

「美世さん」

「はい？」

いったいどうしたのだろう、と思わず瞬《まばた》きした美世に、「ふうん」となにやら納得したようにひとつうなずく正清。

彼はそのまま、何事もなかったようにさっさと狭い玄関から家の中に入っていってしまう。

（なんだったのかしら）

美世はゆり江と顔を見合わせ、首を傾《かし》げ合うも、よくわからないままだった。

ゆり江は台所に茶と茶請けと取りにいったため、美世はひとりで、正清と芙由を居間に案内し、座布団を勧める。

その間、芙由は延々と不平を鳴らしていた。

「威厳も何も、あったものではないわ。旦那さまも、そうは思いませんこと？」

「まあ、そう言わず。清霞も……たぶん、あの頃はいろいろなことを考えて、この家に住むことを選んだのだろうし」

「お甘いこと」

着ぶくれした正清と、きっちり洋装をした芙由がいる居間は、さすがに手狭に感じる。

美世は芙由の不平を聞き流しつつ、なんとなく、清霞の過去に思いを馳《は》せていた。

清霞と一緒に暮らし、それなりの時間を過ごしてきた。

そんな日々の中で、清霞から、彼の過去について断片的ではあるけれど、美世も聞くことがある。

(旦那さまは……きっと、傷ついてらっしゃったのよね)

この家には、軍への入隊を決めたときに購入を検討し始め、帝大を卒業すると同時に移り住んだのだという。

軍に入隊することを決意したのは、言わずもがな、五道の父の死が原因。

優しい彼のことだ。異能者として、軍人として――久堂家当主として。あらゆる責任に重さを感じ、それに応えようとして、傷つき、苦しみ、耐えに耐えて。

私生活でくらい、大勢の他人に脅かされることなく、静かに過ごしたかったのだろう。

そして、その生活に寄り添える女性を結婚相手に選びたかったのだ。

「……久堂家のではなく、自分の金でこの家を買ったのだから、その清霞の思いは受け入れるべきだよ」

正清が、どこか遠くを眺めるような瞳で言う。それに、美世は首を縦に大きく振りたくなった。

清霞は、学生の間に異能者として異形《いぎょう》を討伐して得た報酬、つまりは私財でこの家を買った。彼なりの、決意の表れに違いない。

芙由は正清を一瞥《いちべつ》し、ふん、と一度、鼻を鳴らしただけだった。

「お待たせしました」

ゆり江が盆を持って、居間に現れる。

それからは、ほとんど思い出話に花が咲くことになった。正清や芙由、ゆり江――そして、清霞も葉月《はづき》も、皆が久堂家本邸で暮らしていた頃のことだ。

芙由は「昔話なんて、面白くもない」と拗《す》ねた表情で黙っていたけれど、主に正清とゆり江の間でたいそう話は盛り上がっていた。

「昔から、僕はあまり家にいなかったし、ゆり江には世話になりっぱなしだったね」

「まあま、そんな、恐れ多い」

「ゆり江がいなければ、葉月も清霞も、ああいうふうに真っ当には育たなかったかもしれない。感謝しているよ」

「……あたくしの教育に何か不満でも？」

「あはは。芙由ちゃんだって、さほど子どもたちを気にかけていなかっただろう?」

話を聞きながら、冷や冷やして、美世はおのずと顔を引きつらせる。

昔話を聞いているのは興味深く、楽しいけれども、正清は笑顔で辛辣なことを言う。特に、芙由に対してたまに容赦がない。

初めて、正清と芙由の暮らす別邸に行ったときもそうだった。正清はいつもにこやかなので勘違いしそうになるが、あまり優しくはないのだ。

しかし、それを慣れた様子で流しているゆり江はさすがである。

「芙由ちゃんは、子どもたちより僕のことばかり見ているからね。ふふ、可愛《かわい》いだろう?そういうところが好きなんだよ」

「だ、旦那さま! なんということをおっしゃるのです!」

芙由がぎょっと目を剝《む》き、慌てて正清を止めにかかった。だが、正清は飄《ひょう》々《ひょう》としてまったく動じない。

これぱかりは、芙由が不憫《ふびん》だ。

しまいには、居たたまれなくなってしまったらしい芙由が立ち上がり、家の中の様子を見てくるといって、居間を出て行ってしまった。

そこにゆり江が案内役を買って出て芙由のあとを追い、美世と正清が二人、残された。

しばし、沈黙が落ちる。

障子を開け放たれた居間からは、生え始めの青々とした草花や木の緑が、春の乾いた土埃《つちぼこり》によってやや霞《かす》んで見える。

鳥の囀《さえず》りに、たまに吹く、風の音。

静かになった室内には自然の音が満ち、美世は目の前の正清の纏う雰囲気に、清霞に似たものを感じていた。

(……やっぱり、お義父《とう》さまと旦那さまも、似ていらっしゃる)

清霞の性格も、薄い色彩も、どちらかというと芙由似だ。けれど、こうしてただ静かに正清と向き合っているとき、清霞と二人で過ごしているときと似た空気が漂う。

ぴんと張った弦のような、研ぎ澄まされて、どこか冷たさも含むものの、柔らかさもある……そんな空気だ。

「美世さん」

にわかに、正清が口を開く。美世は真《ま》っ直《す》ぐに正清を見つめ、返事をした。

「はい」

「君は、その呪いを、どこでもらってきたんだい？」

息を呑《の》む。何を言われたのか、ただちに理解できない。

ちゃぶ台で頬杖《ほおづえ》を突き、優雅な仕草とまなざしで、世間話をしているかのような正清と、彼が告げたことがちぐはぐで、美世の思考は空転を続けている。

「え……？」

かろうじて出てきたのは、吐息と区別がつかない、そんな一音のみ。

呆然《ぼうぜん》と固まっている美世に、正清が愉快そうな視線を向ける。どうやら彼は、面白がっているようだった。

「今、君にかかっている呪い。いや、呪いなんていうと大袈裟《おおげさ》だけれど……やけに素人くさい仕事だなぁ」

「の、呪い……ですか？　あの、わたしに？」

どくり、どくり、と心臓が嫌な音を立てている。手に、じっとりと汗が滲《にじ》んだ。

呪い、あるいは呪詛《じゅそ》とは、術師の使う術の一種である。術の中でも特に、良くない効果をもたらすものをそう呼ぶ。

呪いはきちんと手順を踏み、代償を捧《ささ》げれば、素人でも人を殺すことすら可能にする手段だと聞いていた。

どうにか訊《たず》ねた美世に、正清は笑みを浮かべたまま平然と、うなずいた。

「そう、君に。最初から気になっていたんだけれど、君は気づいていなかった？」

「は、はい……」

もちろん、寝耳に水だ。多少は学んだとはいえ、術の知識などないに等しい美世は、呪いになどまったく気づかなかったし、清霞だって。

「だ、旦那さまも、何も……」

いくら気まずいとはいえ、呪いである。美世にかかっている呪いを、清霞が無視するというのは、考えにくい。

正清は初めて笑みを消し、面を食らったように、目を瞬《まばた》かせる。

「本当に？　本当に、清霞は何も言っていなかったのかい？」

「はい、何も」

「まさか。じゃ、これは清霞がかけた呪い……なんて、こんな杜撰《ずさん》でお粗末な呪いを清霞が扱うはずないし、そもそも愛する婚約者になんて、ありえないか」

顎に手をやり、ぶつぶつとひとり言を言いながら、考え込む正清。その間、美世は気が気でなかった。

(どうしよう。もし重大な、命にかかわる呪いだったら。わたし、死ぬのかしら)

美世の不安を察したのか、正清は「いやあ」と再び穏やかな笑みを浮かべた。

「そんなに心配する必要は全然ないよ。呪い、なんて言い方も大袈裟なくらい、拙い『おまじない』さ。人の生き死にを左右する力なんてもちろんないし、身体《からだ》に害をもたらすのでもない」

「そう、なのですか?」

「うん。急いで解呪する必要すらないほどの、かるーい呪い。少しばかり、言動に不都合が出る程度のね」

「言動に不都合……」

心当たりがありすぎる。また、正清が口にした『おまじない』という語。これにも、思い当たる節がある。

美世にとっては本当に、まさか、という気持ちだけれど、正清が嘘《うそ》を吐《つ》く道理はない。であれば、その原因は。

ひとり冷や汗をかく美世をよそに、正清はくすくすと笑い出す。

「それにしても、あろうことか、清霞が気づいていないとは。我が息子のことながら、笑えてしかたない! ふふふ、あっははは! ごほっ、ごほっ」

喉を鳴らして笑い始めた正清は、しまいには腹を抱え、ちゃぶ台に突っ伏しそうな勢いで、何かのツボにでも入ったように笑い転げた。

そのせいか、時折、ひどく咳《せ》き込む。

どういう状況なのか詳しく聞きたい美世は、ひたすら正清の笑いがおさまるのを待つ。

やがて、ひゅうひゅうと呼吸しながら、なんとか姿勢を正した正清は、美世に向き直り、

「つまり」と口を開いた。

「君にかけられた呪いは、とても軽く、弱いものだけれど、並みの術者でも注意すれば気づくような拙いものなわけだ。だというのに、清霞は何も言わなかった」

「はい」

美世がうなずけば、正清は再び噴き出しそうになったようで、慌てて手で口をおさえ、自らの意見を述べる。

「おそらく、清霞は呪いに気づかなかったんだろう」

「え？　でも」

並みの術者でも気づく程度の呪い。それに、一流、否、超一流といって差し支えない異能者であり術者である清霞が気づかないとは、いったい。

正清が美世の問いに、端的に答える。

「浮かれていたんでしょ」

「……浮かれ？」

誰が、何に浮かれるというのか。まさか、清霞が、とでもいうのだろうか。

（そんなはずは……）

清霞と『浮かれる』という言葉ほど、似合わないものはない。

彼にも上機嫌なときはある。けれども、いつだって浮かれたことなどない。少なくとも、美世は知らない。

呆気《あっけ》にとられた美世に、正清は、ゆるゆると首を横に振る。

「君との結婚が、よほど待ち遠しく、うれしいんだろう。こんな素人の呪いを見逃しているのがいい証拠だ。浮かれて、足元がおろそかになっているんだよ」

「旦那さまが……」

にわかには信じがたい。だが、清霞がそれほどまでに強く、美世との結婚を待ち望んでくれているのだと思ったら、じわじわと頬が熱を持ち始める。

（うれしい）

美世と同じように、清霞も強く、幸せを感じているのなら。

胸が温かいもので満たされていくのがわかる。今まで、清霞がたくさん与えてくれた温かさ。そのすべてが美世の内で大きく膨らんで、溢《あふ》れ出《だ》しそうだ。

「……いい顔だ。幸せにおなり、二人ともね」

向けられた正清の瞳の奥に、いつもの冷たさはなかった。ただ、包み込むような慈愛だけがある。

胸がいっぱいで、美世はただ首を縦に振ることしかできない。

幸せだ。何もかも。この呪いでさえも、清霞の意外な一面を知るきっかけになったのだと考えれば、憎めない。

先刻まで、あれほど悩んでいたのが、嘘のようだった。

正清と芙由は、昼食をとることなく、昼過ぎには帰っていった。

美世としてはゆり江とも相談し、昼食を振る舞うつもりはあったのだが、例によって芙由が、断固として嫌がったからだ。

『あたくしに、こんなみすぼらしい家で、みすぼらしい食事をとれとは、ずいぶん礼を欠いていると思わなくて？』

鋭く睨《にら》まれてそう言われては、さすがに引き留めるのは難しい。

そのまま、美世はゆり江と簡単に昼食を用意してとり、その後、今度は夕食に向けて下ごしらえなどをして、日が傾きかける頃、ゆり江も帰宅していった。

窓から橙色《だいだいいろ》の夕日が差し込んでいる。

今日も完全な晴天ではなかったが、干していた洗濯物はすっかり乾いていた。美世は、取り込んだ洗濯物を丁寧に畳み、ほっと、息を吐き出した。

(『おまじない』……君緒《きみお》さんは、知っていたのかしら)

やはり、気になるのは、正清に言われた呪いについてである。

心当たりはひとつ。あの、料理の勉強会に行ったときの、君緒の話だ。彼女ははっきり、『おまじない』と呼んでいた。

そして、美世の清霞への言葉が意に反して紡がれるようになったのも、その日の晩。

この符合は無視できないし、正清の説明とも一致する。

そうすると、君緒はこの呪いを知っていて美世にかけたのか、あるいは知らずに、ただのお遊びとしてあの物語を話して聞かせただけか。

彼女の態度を思い返してみても、判断はつかない。

(とにかく、旦那さまに相談してみなくっちゃ)

美世はひとりで、よし、と拳を作り、気合いを入れる。

呪いは解けていない。正清には、解くなら清霞に解いてもらえと言われた。おそらく、清霞とよく話し合えという意味だろう。

呪いの効果からして、現在の美世と清霞の仲がぎくしゃくしているのは、想像に難くないだろうから。

呪いが解けていない状態で清霞と話すのは、勇気がいる。

また、清霞をむやみに傷つけるのではないかとおそろしくなって、どうしても尻込みしてしまうのだ。

けれど、呪いの説明をするくらいなら、きっと大丈夫だろうと美世は自分に言い聞かせた。

外が真っ暗になり、夕食の支度が終わる頃になると、自動車のエンジン音を響かせて、清霞が帰宅する。

「ただいま」

「おっ……おかえりなさいませ」

おっかなびっくり頭を下げた美世に、清霞もどことなくぎこちなく、「ああ」と返してくる。

「……今日は、父と母が来たんだろう。どう、だった」

ちょうど清霞が靴を脱ぎ、上《あ》がり框《がまち》を上がってなにげなく切り出したため、美世は意を決し、清霞に向き直った。

やや腰が引けた様子ではあるものの、清霞のほうも、真《ま》っ直《す》ぐに美世を見下ろしてくる。

「どう、どうした」

「あの、旦那さま」

「お義父《とう》さまから、うかがいました。――わたしは、呪われているそうです」

そう告げた瞬間の清霞の表情は、忘れられない。

ぽかん、と驚いたような、気の抜けたような、得も言われぬ――少々間の抜けた顔だった。

「え、は？　お前が、呪われて？」

しばし、唖然《あぜん》として硬直していた清霞は、我に返ると慌てて美世の頭の天辺《てっぺん》からつま先まで、隈《くま》なく目を凝らす。

「本当に……呪いが」

今にもへたり込んでしまいそうなほど、途方に暮れた、情けない清霞の面持ち。それが不謹慎にも可愛《かわい》らしく感じられて、美世は口許《くちもと》が緩むのを必死に堪《こら》える。

「そ、そうだ！　今すぐ、解呪を――」

「旦那さま」

背筋を伸ばし、美世は慌てふためく清霞にあらためて声をかけた。

これは好機だ。正清の言うとおり、きちんと清霞を問《と》い質《ただ》し、いつまでもぎこちなさを引きずらないように。

「旦那さまは、浮かれていらっしゃるのですか」

呪いのせいで、また、棘《とげ》のある言葉選びと口調になってしまう。しかし、美世は怯《ひる》まずに、ぐっと踏ん張って耐えた。

清霞はぴたり、と動きを止め、再び固まった。

「う、浮かれる？　私がか？」

「はい。お義父さまがおっしゃっていました。旦那さまがこの呪いに気づかなかったのは、結婚がうれしくて、浮かれているからだと」

「な、何を」

反論しかけて、清霞は口を噤《つぐ》む。そうして、急に己の前髪をかきむしった彼の両頬は、見たことがないほど真っ赤に染まっていた。

「そう、かもしれない……」

聞こえるか聞こえないか、というくらいの、か細い声。あの清霞が、盛大に照れている。

清霞は、あ、とも、う、とも、つかぬ、呻《うめ》き声のようなものを漏らし、口を開けたり閉じたりしながら、やがて、観念したように、大きくため息を吐いた。

「はあ。これでは言い訳もできない……そうだ。私は、おそらく浮かれていた。お前と夫婦になれるのが、うれしくて」

「旦那さま」

「本当に不甲斐《ふがい》ない……私は、重症なんだ。たとえお前に何を言われても、ちっとも怒る気にならないし、むしろ……」

続きを、清霞は言わなかった。ただ、次の瞬間には、美世は彼の腕の中にすっぽりとおさまっていた。

清霞の大きな背は少し丸められ、彼のすべてで包み込まれているような心地がする。

「嫌だったら、言ってくれ」

嫌ではない。そう言おうとして、美世は押し黙る。

呪いはまだ解かれていないのだから、このまま口を開けばまた清霞を罵ってしまう。嫌ではないのに、きっと嫌だと言ってしまう。

どうやら、美世が己の心や感情を清霞に明かそうとすると、逆のことを言ってしまう呪いのようだから。

だから、美世は答える代わりに、そのまま清霞の背に腕を回した。

広くて、硬い、頼もしい背。幾度も戦い、美世を守り、庇《かば》ってくれた背だ。触れ合うことの何を、嫌がることがあるだろう。

「嫌いという言葉は、呪いのせいだと思っていいんだな」

「…………」

肯定も否定もしない。うなずきもしない。清霞の背に回した腕に、わずかに力を込める。

「私は、私を好きだと言ったお前を信じるが、いいんだな？」

「この二日間のは全部……呪いのせい、みたいです」

ようやくそれだけ返した美世に、清霞は安堵《あんど》を滲《にじ》ませ、微笑《ほほえ》む。

「だったら、いい。お前の危機にも気づかない――だらしない、腑抜《ふぬ》けきった私を許してくれとは、言わないから」

美世は緩く、瞑目《めいもく》する。

許すも許さないもない。命にかかわるような、本当に危機的状況であれば、清霞だって気づいただろう。彼は、そういう人だ。

誰よりもよく、美世を慈しみ、大切にしてくれる。

(好きです……愛しています)

今は言えないけれど、呪いが解けたらもう恥ずかしがらずに、また伝えたい。彼の名も、すぐには慣れないかもしれないが、自然と呼べるようになりたい。

そうして、互いに伝わる温度に身を任せる美世に、清霞が囁《ささや》く。

「それに私は、呪いのせいでも、うれしかった。お前が怒ってくれたこと」

「え？」

「その、怒っているお前が可愛らしくて」

「…………」

この告白を、どう受け止めるべきか。美世は真剣に困惑した。

怒るのに、可愛いも何もあるのだろうか。そもそも、あんなに衝撃を受けたような顔をしておいて、清霞は内心では美世を可愛い、などと思っていたと。

(そ、それは、どうなのかしら)

なんとなく、微妙な心境になった美世は、するりと、清霞の腕の中から抜けだす。

「美世？」

「だ、旦那さまは、やっぱり変です！」

呪いが発するままの言葉を口にし、美世はその場をあとにした。けれど、もう、胸の内のどこにも暗雲はない。

ただ、清霞への愛《いと》おしさだけが残っていた。

◇◇◇

翌日、清霞は屯所の応接室にて、直属の上司である大海渡征《おおかいとまさし》と相対した。

テーブルを挟み、向かい合った二脚のソファの片方に清霞は五道と並んで座り、もう片方には、大海渡が難しい顔をして腰かけている。

「急にすまないな」

渋面のまま謝罪する大海渡に、清霞は「いえ」と応じる。

大海渡から、少し厄介な話があるので、今日の午前にでも屯所に向かいたいと連絡があったのは、清霞が出勤してすぐのことだった。

あまりに唐突な申し出であったことからも、いかにも厄介そうであるのがわかるというもの。

そうして、清霞は五道を伴い、大海渡と対面することになったのだ。

「して、話とは」

清霞がうながせば、大海渡はひとつうなずき、切り出した。

「今日の午後、何か外せない用はあるか？」

「いえ、ありませんが」

「本当に急で申し訳ないんだが、受けてもらいたい相談がある。無論、異形《いぎょう》がらみの案件だ」

それは、あまりにも。言いかけて、呑《の》み込んだ。

上官の大海渡がこれだけ恐縮しているのだ、清霞には責められない。大海渡とて、非常識な頼みであることは、重々承知しているはずである。

清霞の考えを察したのだろう。大海渡はその強面《こわもて》を、さらに申し訳なさそうにしかめた。

「悪いな。……相談者は、長場《ながば》という家の夫婦でな」

「長場、というと、軍部と縁が深い家ですよね。確か、参謀本部にも縁があったはず」

五道が確認すれば、大海渡は首肯した。

「ああ。だからどうにも断るのが難しくてな……迷惑をかける」

「それは問題ありませんが、ただ、なぜこれほど突然なんです？」

清霞が問うと、返ってきたのは深い、深い、嘆息だった。

「先方が、どうしても早く相談したいと無理を通してきたのだ。こちらもなんとか交渉を試みたが、すぐに相談に応じないならば、対異特務小隊《たいいとくむしょうたい》を潰してもいいなどと、恫喝《どうかつ》じみたことまでほのめかされてはな」

軍の上層部の横暴は今に始まったことではない。

もともと、対異特務小隊は、異能者という強力な兵器となりうる存在を、軍に国の戦力として取り込むため設立された。

しかし、すでに軍が発足して数十年。

当初の目的、思惑などとうに薄れている。

結果、目の上のたん瘤《こぶ》のように思っている者や、不要であると唱える者、窓際部署だと馬鹿にする者等々、上層部でも勝手な評価を下す者があとを絶たない。

異能者が兵器利用されることのない、比較的平和な世の中である証左だといえばそのとおりだ。

だが、今後も今回のような無茶を押しつけられるのは、清霞としても勘弁願いたいところである。

(辞める前に釘《くぎ》を刺しておいたほうがいいかもしれんな)

どうせ軍を去る身。

であれば、最後に脅しつけ返してでも、いくらかましな環境を作ってから隊を五道に引き渡すのも、いいだろう。

「どうやら、長場家の家人に何か、異形のものが憑《つ》いている、といったような相談らしい。

君たちの専門ゆえ、こちらはあまり詳しく把握しているわけではないのだが」

「なるほど」

清霞は、ふ、と軽く息を吐いた。

「構いません。そういうことでしたら、引き受ける以外に選択肢はないでしょう。下手に上層部との関係がこじれても困りますし、私と五道で相談は受けます。しかし、事態の対応まで我々が直に行うかは約束できませんが」

詳しく話を聞いてみなければわからないが、実際の調査にはおそらく、清霞や五道でなく、隊員の誰かを向かわせることになるだろう。

清霞の言葉に、大海渡も納得してうなずいた。

「ああ。こちらもそれで構わない。伝えておこう」

「助かります」

仕事に関する会話が一段落すると、五道が大袈裟《おおげさ》にため息を吐《つ》く。

「閣下～、本当に俺が次の隊長やるんですかぁ？」

室内の空気が公から私に変わり、大海渡もやや力の抜けた様子で、表情を緩めた。

「嫌ならば、他を考えてもいいが」

「閣下。あまり五道を甘やかすのは、どうかと」

「すまん。私も、昔から知っている仲だからな。どうにも、癖が抜けない」

清霞の苦言に、大海渡は眉尻を下げた。

大海渡は久堂家の娘である葉月と一度は婚姻関係を結んでいたことからわかるように、若い頃から軍と異能者の仲を取り持つ、架け橋のような役目を期待されていた。

よって、少将の位に就き、対異特務小隊の目付け役となる前から、小隊との縁があったのだ。

それこそ、五道壱斗《いっと》が隊を率いていた時代から。

「しかし、本当に隊長職に就きたくないのなら、早めに言ってくれ。清霞が抜ければ十中八九、対異特務小隊、および第二小隊の再編成も考えなければならんからな」

「やはり、そうなりますか」

「当たり前だ。それだけ、君が抜ける穴は大きい。もちろん、軍を退いてからも小隊の協力者として働いてもらうが、今までどおりとはいかない」

清霞としても、軍人ではなく、単なる一異能者として隊への協力は惜しまないつもりだ。

とはいえ、大海渡の言うように、穴ができるのは避けられない。その穴をどうにか繕うため、人員の編成を見直すというわけである。

旧都の第二小隊は、腕利きの異能者も大勢いる。

それを踏まえ、隊長以下、副官や班長が新たに決められることになるだろう。

（ここの空気も、おそらく大きく変化するのだろうな）

清霞はそれなりの期間、過ごしてきた己の居場所を思い、わずかな寂しさを憶《おぼ》えた。


急ぎであるため、長話をするわけにもいかず、大海渡はその後すぐに屯所をあとにした。

清霞は五道とともに通常の任務に従事し、約束の午後を迎える。

長場夫妻は、何やら険のある雰囲気を纏《まと》い、対異特務小隊屯所に現れた。

「……長場だ。世話になる」

帽子を被《かぶ》り、ステッキを持った着物姿の男と、同じく、楚々《そそ》とした女性。年頃はそれぞれ、清霞や美世と変わらぬくらいに見えた。

男——長場家の主人は、清霞が言えたことではないが、見るからに愛想のない仏頂面で、口調も素っ気なさが際立っている。

彼の妻のほうはというと、「妻の君緒でございます」と彼の斜め後ろから、控えめに挨拶をしてくる。一応、笑みは浮かべているものの、やけに弱々しかった。

「対異特務小隊隊長の久堂清霞だ。隣は副官の五道」

「五道です。よろしくお願いしまぁす」

清霞と五道の名乗りに、長場はふん、と鼻を鳴らし、君緒は恐縮しきりで「お世話になります」と頭を下げつつ、目を逸《そ》らす。

そこはかとない居心地の悪さを感じながらも、清霞は二人を屯所の応接室へと案内した。

「では、相談内容を詳しく、説明していただけます？」

それぞれが席につくと、五道が率先して場の流れを牽引《けんいん》する。

長場は渋々、といった調子で重たい口を開いた。

「説明する前に、この件はうちにとって、非常に外聞が悪い。広く知られることになれば、恥となる。秘密は守ってもらえるんだろうな」

「ええ、そりゃあ、もちろん。守秘義務は基本ですから。むやみに外に情報を漏らすことはありえません」

へらへらと愛想笑いだか、素の笑いだかよくわからない顔で、五道が言うと、長場は胡《う》乱《ろん》な目つきでこちらを睨《にら》んでくる。

「本当だろうな。……もし万一のことがあれば、あなたがたの首も無事では済まないだろうが」

「わあ……ええ、はい。承知しました」

五道の目は笑っていない。

明らかに引いている最初の「わあ」は、隣の清霞にだけ聞こえるくらいの、ごく小さな声だったが、その気持ちは清霞にもわかった。

参謀本部の親類が大海渡を脅しつけてこの場を設けさせたようだが、目の前の長場本人も、どうやら同類らしい。

彼の隣に座る君緒は縮こまり、完全に萎縮している。

長場の相談はごく単純なものだった。『母の行動がおかしい。何かが憑いているようだから、祓《はら》ってほしい』と、これだけである。

「母は獣のような奇妙な唸《うな》り声を上げたり、食べ物を貪ったりする。言葉が通じなくなり、ひどいときにはこちらから近づくと、嚙《か》みつこうとしてくる」

長場は苦々しく、眉間にしわを寄せる。

「今はどうにか屋敷《やしき》の一室に閉じ込めているが、外聞が悪いのは当然ながら、これでは我々の日常生活もままならず、また、若いとはいえない母の身体《からだ》も気がかりだ。早急に対応してほしい」

そう締めくくった長場に、五道は「お話はわかりました」と神妙な態度で言う。

「聞くかぎり、どうも低位の動物霊がとり憑いているようですね。まだお話をうかがっただけですので、はっきりと決めつけることはしませんが」

「そうか。で、対応は可能か」

「ええ。まずはうちの隊員を調査に向かわせましょう。そこで、本当に動物霊の仕業か、判断を下します。その場で対処できれば、そうさせましょう。……で、いいですよね？　隊長」

五道が清霞に問うのに合わせ、全員の目が清霞に集中する。

油断は禁物だが、思っていたよりも、長場家の件は重大ではなさそうだった。五道の対応も、さすがにこのくらいであればまったく危なげないし、清霞の出番はないだろう。

「ああ。問題ない」

「事前に聞いてはいるが、本当にあなたがたが調査に来なくても大丈夫なのだろうな？　対異特務小隊は実力主義であると聞いた。であれば、最も強いであろうあなたがたが調査したほうが確実ではないのか」

長場はやや苛立《いらだ》った様子で、まくしたてる。

そう言われても、清霞も五道も暇ではない。清霞は結婚を間近に控えていることもあり、準備で非番の日が多くなっているし、五道にはその分のしわ寄せがいく。

また、隊員たちに経験を積ませるのも必要なことだ。

「申し訳ないが、それはできない。だが、部下たちもきちんと訓練をしている術者であり異能者だ。手順も対処法もしっかり心得ている」

「……まあ、母を元どおりにしてくれるのならば、なんでもいいが」

冷静に清霞が答えれば、不機嫌そうにそっぽを向き、用は済んだとばかりに長場は立ち上がる。

「私はこれで、帰らせてもらう。調査はいつ頃になる？」

「あー、それはまた追って連絡を。何日もお待たせすることにはなりませんから、ご安心ください」

言いつつ、五道も立ち上がり、長場を出口にうながす。

清霞も見送りのためにソファから腰を浮かせたが、しかし、それは、意外な人物に止められた。

「あ、あの、その、私、隊長さんに少し、お話が」

これまでずっと、夫の隣で沈黙を保っていた君緒だった。

（私に、話？）

今回の件以外に、何かあるのだろうかと訝《いぶか》しく思うも、わざわざ引き留められる覚えはない。

だが、君緒の面持ちには無視できない翳《かげ》りと深刻さが見え隠れし、耳を貸さずにはねつけるのも躊躇《ためら》われた。

仕方なく、再び清霞が腰を下ろすと、応接室の戸口からこちらを見ていた長場は、

「勝手にしろ。私は先に帰る」

と言い残し、さっさと踵《きびす》を返《かえ》す。

五道がその長場を追い、清霞と君緒の二人が応接室に残された。だが、相変わらず、君緒はうつむきがちで、縮こまっている。

その姿は、清霞の中で、どこか出会ったばかりの頃の美世を彷彿《ほうふつ》とさせた。

（いや……そうでもないか）

昨夜の出来事を思い出し、清霞はわずかに心を浮き立たせる。が、すぐに気を取り直し、君緒に向き直った。

「話とは？」

端的に訊《たず》ねると、君緒はおそるおそる、伏せていた目線を上げ、口を開いた。

「……私を、助けてください」

「は？」

「私、私は、どうしたらいいか……私の何が、悪いんでしょうか」

「言いたいことがあるのなら、はっきり言ってください。うちも暇ではないし、いつまでもあなたがたにだけ付き合ってもいられない」

清霞が淡々と言えば、びくり、と肩を震わせ、君緒は目から大粒の涙をこぼしだす。

「私は、夫からひどい扱いを受けているのです！　日々、厳しく、理不尽な言葉をぶつけられ、殴られることもあります」

「……それで？」

「お義母《かあ》さまのことだって！　あの人は、暴れるお義母さまを宥《なだ》めるのを私に押しつけるばかりで、自分は見ているだけです。私が噛まれたり、引《ひ》っ掻《か》かれたりしても、見て見ぬふりで」

君緒は着物の袖をまくり上げ、腕をさらす。そこには、確かに、爪や歯でつけられたのであろう、無数の傷や傷痕があった。

「私、もうどうしたらいいのか、わかりません。助けてください……！」

わっと両手で顔を覆う君緒。清霞は彼女を、ひどく凪《な》いだ気持ちで眺めていた。

自分でも驚くほど、感情が動かない。目の前に泣く女性がいたとて、少しも可哀想《かわいそう》だとか、哀れだとか、感じないのだ。

（……そういえば、これが普通だったな）

どうして忘れていたのだろう。以前はずっとこうだった。自宅にやってくる婚約者候補の女たちが泣こうが喚《わめ》こうが、怒ろうが。

清霞の心は微塵《みじん》も痛まなかったし、どうだってよかった。

最近はよくも悪くも心を動かされっぱなしだったので、完全に忘れていたけれど。

「まず訊《き》くが」

自分でも驚くほど平坦《へいたん》な声が出る。一応、客人に対して丁寧な言葉遣いを心がけていたものの、それも気づけばどこかへ消えていた。

「なぜ、私に縋《すが》る？　ここは困ったときの駆け込み寺ではない。家庭に関する相談ならば、別のところにすべきだ。本当に助けてほしいのならば、今この場で、私に頼むべきことではない。それを、理解しているか？」

「あ……それは、でも」

目尻に涙を溜《た》めながら、うろうろと、視線を泳がせる君緒。清霞は思いきり、ため息を吐《つ》きたくなった。

「それと、助けてほしいというが、そんな漠然とした要望を聞かされたところで、こちらにはどうしようもない。してほしいことがあるのなら、具体的に言え。そうすれば、しかるべきところに連絡をとるくらいはする」

これが、清霞にできる最大の譲歩だった。

対異特務小隊は軍の一部署であり、異形《いぎょう》に関連した案件を取り扱うのが基本の役目。それ以上の何かを求められても困る。

君緒はなおも、ぽろぽろと、涙をこぼし続けている。

「わ、私は、夫が怖ろしく、長場の家が怖ろしくて堪《たま》りません……。どうにか、夫の振る舞いを穏やかにする方法はないのでしょうか。私が訴えても聞く耳を持ちませんが、誰かほかの殿方に注意されれば、夫も変わってくれるのではないかと、そう、思ったりもします……」

「では、他の男を頼ってくれ。こちらに言うのは、お門違いだ。あなたが望むなら、こちらから警察にでも繋《つな》ぐことは可能だが」

清霞は今度こそ、ソファから立ち上がった。これ以上、君緒に時間を割くのは無駄だろう。

彼女が清霞の知人、あるいは友人であれば、個人として協力したかもしれないが、仕事としてはもう付き合えない。

「玄関までは見送ろう。異形にかかわる相談なら、いつでも――」

「ま、待ってください！」

君緒の叫びが聞こえ、一拍遅れて、応接室の扉へと向かっていた清霞の背に、軽い衝撃があった。

首を動かし、振り向けば、君緒に縋りつかれていた。

彼女の手の感触と身体のぬくもりが、軍服の上から肌にじわり、と伝わってくる。かすかな震えも。

「私、私、あなただけが頼りなんです。斎森《さいもり》さんから、あなたは優しい方だと聞いて、きっと助けてくれるって……それだけを頼りに今日ここに来たんです」

清霞は、はっと目を瞠《みは》る。

「斎森？」

「斎森美世さん。彼女は私の、小学校の頃の同級生で……先日、偶然会ったら、とても幸せそうで……結婚相手のあなたに良くしてもらっているのだと。だから」

涙声でたどたどしく経緯を説明する君緒に、不快感が募る。

つまりは、どういう状況かは知らないが、美世と会い、彼女が己の夫となる清霞によくしてもらっていると聞き、自分も助けてもらえるかもしれない、と君緒は考えたというわけか。

（どういう思考回路だ）

清霞は誰にでも優しいわけではない。むしろ、誰にも優しくない、冷酷だといわれるほうがはるかに多いのに、なぜ、この女性はそんな思考に至ったのか。

「あっ」

清霞は身を捩《よじ》って君緒を振りほどき、一歩分ほど距離をとった。君緒の手が、所在を失《な》くして宙をさまよう。

美世ではない、他の女性に縋りつかれるのは、思ったよりもずっと厭《いと》わしく、怖気《おぞけ》が走るのだと、清霞は初めて知った。

「だから、なんだ」

「え？」

清霞の冷たい語気に、君緒は啞然《あぜん》とした様子でこちらを見上げてくる。

「美世の同級生だから、自分にも親切にしろ、助けろと、そう言いたいわけか」

「そ、そんな、違います」

泡を食って言い繕おうとする君緒に、もう清霞は情けをかけるのをやめた。

「あいにく、私は妻となる女性の同級生だからといって、個人的に相談に乗ってやるほど慈悲深くもなければ、さほど親切心も持ち合わせていない。他を当たれ」

ここまで強く突き放せば、彼女もまた、清霞を情け容赦のない人間だと思うだろう。だが、構わない。

『誰に何と言われようが、別に気にならない。……本当のことは周囲の皆が、妻になるお前が知っていてくれれば』

数日前、自分で美世に告げたことを思い出す。我ながら、言い得て妙だった。

清霞が気にかけたいのも、優しくしたいのも、美世だけ。美世が清霞を好いていてくれるのなら、他はどうだっていいのだ。

「た、隊長さん」

それでもなお、伸ばされる手を、清霞はやんわりと払いのける。そのまま応接室を出て、玄関に向かうと、君緒は小走りについてきた。

「どうしても、力になっていただけませんか」

「くどい。我々は、長場家にいる異形は退治する。だが、それ以上のことはしない。あなたの事情は、そういった日常の困り事への対応を専門にしている者に伝えておく」

取りつく島もなく、きっぱりと拒絶した清霞に、最後に涙をぽろり、とひと粒落として、君緒は去っていく。

彼女の背はひどく小さく、頼りなかったが、清霞はその後ろ姿を意識の外に追いやり、身を翻した。

三章　桜に見守られて

春の森は、まだ新たな緑の芽吹き始め。

木々に葉が茂るには早く、常緑樹もどこかくすんだ緑に覆われている。しかし、地面を見ると茶色い土と枯れ葉の間から斑《まだら》に草が生えており、小花をつけて森をささやかに彩っていた。

そんな森の中の、凸凹の石が敷かれた、あまり歩きやすいとは言えない道を、美世《みよ》は清《きよ》霞《か》に手を引かれ、少しずつ進む。

「疲れていないか？」

斜め前を行く清霞に問われ、美世はうなずきを返す。

あれから、美世にかけられた呪いは清霞によって、無事に解呪された。解呪されたのだが、完全に元どおりとはいかなかった。

（まさか、影響が残ってしまうなんて）

思わずため息を吐きたくなるのを、我慢する。

解呪の過程で、今回、美世にかけられた呪いが素人によるものであり、そのせいで呪い自体が雑きわまりなく、解呪で綺麗《きれい》に取り除ききれないことがわかった。

さらに。

どうやら、美世は呪いにかぎらず、術全般の影響がでやすい、あるいは影響が残りやすい体質ではないか、という疑惑が生じた。

原因は定かでないけれども、清霞によれば、ごく幼い頃に『封印』という『術』を強く施されたからかもしれない、とのことだ。

美世は生まれてすぐ、異能を発現しないよう、実母である澄美《すみ》から封印を施されている。実に、十九年もの間、解けずに美世の異能を封じていた強い術だ。そのせいで、なんらかの作用や後遺症があっても、不思議ではないらしい。術が効きやすい『癖』がついたとでも言おうか。

そういうわけで、まだ呪いの影響で思いもよらない暴言が口から飛び出す可能性がある。よって、美世は未《いま》だになるべく会話を控えているのだ。

「もう少しで着く」

振り返り、美世を安心させるように微笑《ほほえ》む清霞。そこへ、後方から訝《いぶか》しげに疑問が投げかけられた。

「ずっと気になっていたんですが……久堂《くどう》少佐。今日の美世は、あなたとほとんど口を利いていませんよね。何か、怒らせるような真似《まね》をしたんですか？」

声の主は、ようやく怪我《けが》が快復し、退院したばかりの美世の従兄《いとこ》、薄刃《うすば》新《あらた》。さらに、彼の隣には、美世と新の祖父である、薄刃義浪《よしろう》もいる。

この森は、宮内庁管轄の禁域。そして、今、美世たちが向かっているのは、禁域内にある異能者たちの墓所——オクツキだ。

清霞の提案で、四人は美世の母、斎森《さいもり》澄美の墓参りに訪れていた。

「…………」

清霞は足を止めることなく、新の問いに言葉を詰まらせ、次いで彼をねめつける。

「驚いた。沈黙は肯定とみなしますが、本当に怒らせたんですか」

やや芝居がかった大仰な仕草で驚きをあらわにする新に、清霞はさらに不機嫌そうなしかめ面になった。

「……美世が黙っているのは、怒らせたからではない」

「怒らせたのは認めるんですね」

新が間髪容《い》れずに切り返し、清霞の眉間にはますます深くしわが寄っていく。しかし、清霞のせいで美世がしゃべらないと思われるのは、美世としても嫌だった。

よって、美世は新のほうを向き、「違うんです」と訂正する。

「旦那さまのせいではありません。その、少し事情があって……」

呪いの件は、できれば伏せておきたい。新や義浪にむやみに心配をかけてしまうのは、本意ではないからだ。

すると、新は半眼になって胡乱《うろん》げに清霞を見遣《みや》る。

「本当ですか？　美世が口を利かなくなるくらいです。もしや少佐が、浮気でもしたのではないかと疑っていたのですが」

「え？」

「う……っ、浮気、など」

まったく想像もしていなかった新からの言葉に首を傾《かし》げてしまった美世とは反対に、なぜか、一瞬だけだが狼狽《うろた》える様子を見せた清霞。

当然、新はその瞬間を見逃さなかった。

「怪しいですね、今の反応。美世、少佐には後ろ暗いところがあるに違いありませんよ」

従兄の端整な顔に、冷え冷えとした笑みが浮かぶ。獲物を捉えた猛獣のごとく、完全に目が据わっていた。

途端に、不穏な空気が漂い出す。

清霞は動揺を呑《の》み込むように息を吸い、深く吐くと、美世と繋《つな》いでいる手をしっかりと握り直した。

「旦那さま?」

美世は清霞が浮気をするとは、まったく思っていない。

婚約者候補云々《うんぬん》しかり、彼の過去に女性の影がないわけではないが、気になりはしても、不安になったことはなかった。

だからこそ、清霞の反応は予想外も予想外、美世は手の温かさを感じつつも、身を強張《こわば》らせて緊張する。

「誤解だ。浮気などいっさいしていないし、興味もない」

「ふうん?」

きっぱりと清霞が否定しても、新はまだ疑っているのを隠そうともせず、清霞を見つめている。

「では、なぜさっきは狼狽えていたんです?」

「それは……あとで、美世には話す」

「わたし?」

「ああ。おそらく、お前には話しておいたほうがいいことだ」

どうやら浮気ではなさそうだが、他に何かあるらしい。美世はよくわからないまま、素直にうなずいた。

「わかりました」

「まあ、いいでしょう」

新は一気につまらなそうな顔をする。義浪はそんな孫たちのやりとりを見て、苦笑いをしていた。

話しているうちに、オクツキに到着した。

ぱっと見たところ、一般的な霊園と大した違いはない。森の木々が途切れた、開けた広い土地に墓石が整然と並んでいる。

目を引いたのは、墓石を見渡すように建つ、木造の社だ。

ずいぶんと年季が入っているようで、社の形は保っているものの、木は古びて灰色っぽく変色し、朽ちて裂け、崩れている部分もある。

ただし、軒の注連縄《しめなわ》と紙垂《しで》は、風雨にさらされた形跡はあるが、まだ新しそうだった。

「ここが、オクツキ……」

何の変哲もない墓所のようであるのに、ここに葬られているのがすべて見鬼《けんき》の才を持つ者、あるいは異能者だと思うと、不思議な心地がする。

異能の家に生まれても、力を持たなければここに葬られることはない。

だから、つい最近まで美世には縁のない場所だった。足を踏み入れる機会もないと思っていたのに。

「さて、斎森家の墓はどこでしたっけ」

新がぐるりとあたりを見回して呟《つぶや》く。よく考えてみれば、この四人の中で美世以外の三人は、斎森とは少しも関係ない面子《めんつ》である。

が、ここで義浪が一歩前へ出る。

「こっちだ」

薄刃は表に出てくることのなかった家。義浪は娘である澄美の葬儀にも出られなかったと美世は聞いている。

けれど、先を行く祖父の確かな足取りから、おそらく、彼が澄美の墓参りに何度もここへ足を運んでいるのだということが察せられた。

義浪の先導で、一行は真《ま》っ直《す》ぐ斎森家の墓までたどり着く。

普通の墓だった。特別なものは何もない。家名の彫り込まれた墓石が立っているだけの、簡素な墓だ。

（斎森家の、お墓）

ここに母や、先祖の異能者たちが埋まっている。

生まれて二十年経《た》って、ようやくここへ来ることができた。美世は今まで、実母の墓にすら参れなかったから。

喉が熱くなり、鼻の奥がつんと痛んで、目に雫《しずく》が溜《た》まっていく感覚がある。

（どうして）

母が亡くなってから、すでに十数年経っている。それなのに、今日初めてここへ来る自分がひどく情けなく、恥ずかしく思えて、美世は穴があったら入りたくなった。

なぜ、自分は今までここに立てなかったのだろう。

いったい何をしていたのだろう。

優しい母が美世を不甲斐《ふがい》ないと責めることは、きっとないけれど。

「……もっと、ずっと、早く来られたら、よかったのに」

自然とそう呟いた美世の肩を、そっと、清霞が抱き寄せ、支えてくれる。彼の大きな身体《からだ》とその熱が、動けなくなった美世を少しずつ、溶かしてくれるようだった。

「ああ。……すまない、気づいてやれなくて」

「いいえ。旦那さまのせいではありません。だって、最近まで立ち入りが制限されていたのでしょう？」

「それはそうだが」

去年の夏、このオクツキが帝《みかど》の指示で暴かれる事件が起こった。そのときにずいぶんと荒れ、ようやく元どおりになったのは冬のこと。

冬は冬で慌ただしかったし、墓参りに意識が向かずとも、無理はない。美世とて、ちっともそこまで気が回っていなかったのだから。

ただ、美世はそもそも墓参り自体、一度もしたことがなく、その発想がなかったのもある。

美世はしばらくその場から、一歩も動けなかった。

しかし、どうにか身体が動くようになると、持ってきた花を墓前に供える。そうして、四人全員で静かに手を合わせた。

(――お母さま。ずっと見守ってくださって、ありがとうございました)

美世が斎森家で過ごしていたときも、清霞のもとへ行ってからも、そして、あのとき――薄刃家で、美世が自身の真の異能を目覚めさせたときも。

澄美はきっとそばで見守り、手を貸してくれた。

夢に出てきた母は、美世の想像などではなく、母自身であったのだと信じている。澄美が美世を見守っていてくれたからこそ、本当に必要なときに助けてくれたのだと。

魂だけ、思いの残滓《ざんし》だけになったとしても。

（お母さま。わたし、今、とても幸せです）

心の中で報告すると、胸のつかえがとれたような、清々《すがすが》しさが広がった。そうして、気づいた。

自分は、報告したかったのだ、母に。ここまで生き抜いてこられたことを、ようやく穏やかに生きられるようになったことを。

報告して、褒めてほしかった。喜んでほしかった。

母はもういないけれど、ずっと見守ってくれていた母にならこうして祈れば届く気がした。

長い時間、目を閉じ、手を合わせていた。

美世は合わせた手のひらが熱くなるまで、澄美へと思いを馳《は》せ、語りかけ、やっと気が済んで目を開ける。

「澄美もきっと、うれしいだろう」

義浪が誰にともなく呟き、美世を見た。

「美世。来てくれて、ありがとう」

「いいえ。……来るのが遅くなって、本当なら、お母さまに顔向けできません」

美世が正直に、最初に感じた気持ちを吐露すれば、義浪は軽く一笑に付した。

「いやいや、それこそ無用な心配だよ。澄美はあまりそのような些末事《さまつじ》を気にする性質ではない。君が元気に笑って生きているだけで、満足するだろう」

「それならいいのですけれど……」

美世はもう一度、ただその場に佇《たたず》む墓石を振り返る。

今となっては、澄美が斎森家や父のことをどう思っていたのか、その本心を知ることはかなわない。彼女にとって、この斎森の墓で眠ることが、幸せなのかどうかも。

（お母さま。大好きです。わたしを愛してくださって、ありがとうございます）

けれど、間違いなく、母は美世を愛してくれたのだ。

美世を産み、育て、短い間でも一緒に過ごし——それが美世だけでなく、澄美にとっても幸福な日々だったのならいいなと、今は思う。

そして美世も、そうありたい。

清霞と、いつか会うかもしれない、自分の子と。家族を守り、慈しむのが自分にとっての幸せになるのなら、これほど喜ばしいことはない。

温かく、優しいものが胸に溢《あふ》れるまま、美世は自然と微笑する。

最後に母へと感謝を告げ、歩きだす。美世が斎森家の墓と向き合っている間、ずっと黙って寄り添ってくれていた清霞とともに。

その後、久堂家、薄刃家の墓に順々に参り、四人は帰途についた。

「では、この場はいったんお開きにして、またあとで集合する、ということでよろしいですか？」

新の問いに、美世は清霞と揃《そろ》ってうなずく。

今日はこの後、薄刃邸にて、花見の宴《うたげ》が計画されている。

薄刃家の敷地《しきち》には立派な桜の木がある。よって、計画の主旨には、その木を眺めて宴会をする文字どおりの花見に加え、美世と清霞の結婚の前祝い、新の快気祝いなどの意味も込められているらしい。

発案が誰なのかは聞いていないけれど、会場が薄刃邸であることから、案外、義浪あたりかもしれない。

宴会は夕方から。美世も手料理を持参する予定で、家の台所に、すでに一部の料理は下ごしらえまで済ませてある。

「……久堂少佐、美世に後ろめたいことがあるのなら、夕方までに解決しておいてくださいね」

「うるさい。大きなお世話だ」

ふ、と鼻で笑うように新に言われ、清霞は額に青筋を立てる。

爽やかな風が吹く。森の木々がその風に吹かれてさわさわと鳴り、まるで森中の芽吹き始めた生命がこちらに語りかけてくるようだった。

美世は清霞と新のやりとりを聞きながら、ようやくあらゆるしがらみから解き放たれたような、晴れかやな気持ちを抱いていた。


当初の予定どおり、日暮れ間近に美世は清霞と家を出る。

あれから禁域を出て帰宅し、少しばかりの休憩を挟んで、美世はゆり江《え》にも手伝ってもらいつつ、せっせと料理の腕を振るっていた。

おかげで大きな四段の重箱に、いっぱいの料理を詰めることができた。

近しい間柄の者たちのみの参加とはいえ、人数が多いようなので、きっとこれでもまったく足りないだろう。が、薄刃家が十分な量の料理を用意しているそうで、心配はいらないらしい。美世の料理はあくまで手土産で、おまけだ。

風呂敷《ふろしき》に包んだ重箱を抱え、自動車の後部座席に、美世はゆり江と並んで座る。

「美世さま、楽しみですわねぇ。お花見なんて、いつぶりでしょう」

「はい。わたしも、お花見の宴は初めてなので、本当に楽しみで」

今回の宴には、ゆり江も招かれている。美世もゆり江も、この宴会を楽しみにしていたのだ。

清霞が運転する自動車は、帝都内の道路を進み、『鶴木《つるき》貿易』の敷地内の空いた空間に停車する。あらかじめ駐車場所として、新から自動車を置く許可をもらってあった。

三人はそのまま鶴木貿易の建物の中には入らず、裏手にある薄刃邸へと足を踏み入れた。

「ようこそ。お待ちしていました」

恭しい礼とともに、出迎えてくれたのは新だ。人当たりのいい笑みと優雅な仕草は、出会った頃の彼のまま。先ほど、オクツキで会っていたときとも変わらない。

甘水《うすい》の件では彼自身、複雑な立場にあり、結果として甘水の命を奪う罪と、深い傷を負った。

甘水は異能を悪用する犯罪者で、薄刃はそんな異能者を処断するのが役目。

つまり、新が甘水を止める、その過程で命を奪うのも役目の範疇《はんちゅう》であり、実際に罪に問われはしない。

だが、彼が心身ともに傷ついたのは確かだった。

ゆえに美世はずっと新を案じて、入院中は見舞いに通ったたし、こうして会うたびに様子をうかがうのがすっかり癖になっていた。

(でも、新さんは……大丈夫よね)

彼は自分をしっかり持っている人だ。むしろ、今は甘水とかかわっていたときの彼よりも、何かが吹っ切れたような印象がある。

おそらく、美世と同じだ。

甘水がいなくなり、その死の瞬間に立ち会い、胸に暗い影を落とすことがないとはいわない。

けれど、それ以上に、薄刃家の抱えるあらゆる問題に片がついた、片がつく道筋が見えた、そんな前向きな気持ちが大きい。

「あの、新さん。これを」

美世が重箱を差し出すと、新はいっそう笑みを深め、柔らかな手つきで受け取った。

「ありがとうございます。式も近くて忙しいでしょうに、気を遣わせてすみません」

「いいえ。料理はいい息抜きになるので好きなんです。むしろ、薄刃家の料理人の方には敵《かな》わないので、恥ずかしいくらいで……」

「ははは。美世の手料理なら、いつでも歓迎ですよ。——もう準備もあらかた終わっているので、さっそく庭のほうへどうぞ」

美世の渡した重箱を抱えた新の先導で、美世たちは玄関から庭に回る。

すると、目の前に薄紅に染まった大きな木がいっぱいに広がった。

まだ満開には早く、五分咲きくらいだろうか。しかし、すべての枝全体が赤みがかって見え、ちらほらと開いた小さな花弁が美しく、愛らしい。

おそらく満開になるまで、もう数日といったところ。

「綺麗《きれい》……」

母がこの家で生まれ育つ間、ずっと見てきた桜の、花をつけた姿に、美世はただただ、胸を打たれる。

立派な木だ。ずいぶん長く生きてきたに違いない、歴史を感じさせる木。

美世と清霞の家の庭に植えることになっている桜も、こんなふうに育てばいい。そんな未来をつい、夢想させられるような。

「見事な桜だな」

隣で、清霞も感心したように呟《つぶや》く。

やや空気がしんみりとし始めたが、それは続いて現れた客によって破られた。

「こんばんは。あら、少し出遅れたかしら」

薄刃家の使用人に先導されて、庭に入ってきたのは、葉月《はづき》、そして正清《ただきよ》と芙由《ふゆ》だ。

「美世ちゃん！　今日のお着物、とっても綺麗ね。お花見にぴったりの桜色で」

「お義姉《ねえ》さん」

「あ、ありがとうございます」

飾らない言葉で褒めてくれる葉月に、美世は気恥ずかしくなってうつむく。

今着ているのは、昨年、最初に清霞に贈ってもらった着物のうちのひとつで、美世が特別気に入っている、母の形見に似ている桜の着物だった。

前に一度は着たものの、その後は季節が合わないので、着られていなかった。

髪に挿した簪《かんざし》は最近もらったばかりの、縮緬《ちりめん》細工の花がついたもの。それらを褒められると、照れてしまうけれど、うれしくなる。

「やあ、清霞。元気かい」

正清がわずかに含みのある笑みで近づいてくると、清霞は頬をぴくり、と引きつらせて

「ああ」とだけ返事をし、そっぽを向く。

どうやら、美世の呪いの件で気まずいらしい。

自身で美世の呪いに気づけなかったこと、おまけに父親にそれを指摘されたことは、清霞にとって相当な打撃となったようだ。

「そう。よかった」

正清もそんな清霞の心境を察しているのか、やはり、口調にも何やらからかいのような色が滲《にじ》む。

「ここが薄刃家。まあ、趣味は悪くなくてよ」

「お母さまったら、こんなところまできてそういうこと言うの、やめてくれないかしら？」

いつもの調子で見下したような言動をとる芙由に、葉月が顔をしかめた。けれど、芙由もまったく悪びれず、葉月に尊大な視線をやる。

「口うるさい娘だこと。そんなことだから、出戻りなどする羽目になるのではなくって？　恥ずかしいったら」

「なんですってぇ!?」

「お義父上に、お義母上。ご無沙汰しております」

危うく怒りを爆発させかけた葉月を止めるように、到着したばかりらしい大海渡《おおかいと》が、背後から生真面目に挨拶をする。

突然の大海渡の登場で、葉月は声を詰まらせ、正清と芙由も大柄で存在感のある彼に注意を向けた。

「征《まさし》君。久しぶりだね。連絡をとることはあったけれど、こうして直接顔を合わせるのはいつぶりだったか」

「どうでしょう。……正月にも挨拶できず、申し訳ないかぎりなのですが」

「いやいや、そちらの家にも思うところはあるだろうから。あまり気に病まずに」

正清と大海渡のやりとりからは、久堂家と大海渡家の微妙な関係がわずかにみてとれる。

「いつまでも立ち話もなんですし――」

会話が一段落すると、新が皆を宴の席まで案内しようとするものの、そこで「ぎゃあ」という なんとも派手な叫び声が、玄関のほうから聞こえてきた。

すかさず新が玄関に向かい、しばらくすると、若干くたびれた佇《たたず》まいの着物姿の五道《ごどう》、そしてなんと、ごく一般的な洒落《しゃれ》たスーツに身を包んだ堯人《たかいひと》が続けて庭に現れた。

「いい夜だの。にぎやかで結構なことよ」

美世を含め、その場の全員が慌てて膝を突こうとするも、それは堯人によって止められる。

「そのままでよい。今宵《こよい》の我は皇子ではなく、ただの薄刃の客。皆、楽にせい」

自身は浮世離れした風格を持ちながらも、実に気さくな人柄の彼らしい言葉に、一同はほっと息を吐いて姿勢を元に戻す。

このときばかりは、何事にも文句を言う芙由も大人しく、むしろ、まさに上品かつ典雅な貴婦人の振る舞いであった。

（さすが、お義母《かあ》さま）

美世は内心で芙由に尊敬の念を抱く。

「堯人さま。あらためまして、ようこそいらっしゃいました。たいしたおもてなしもできませんが、どうぞゆっくりなさってください」

新に言われ、堯人も「そうさせてもらう」と比較的、柔らかな表情になった。

堯人の登場で張りつめていた空気が弛緩《しかん》し、再び、各々が和やかに会話を始める。

「さっきの悲鳴はお前か、五道」

清霞は気配を消すように佇んでいた五道に声をかける。

「隊長……俺、聞いてなかったんですけど……堯人さままでいらっしゃるなんて」

「言っていなかったか」

「聞いてませんよ！　いきなり鉢合わせして腰を抜かすかと思いました！」

ほとんど涙目になって憤慨する五道。その様子がなんとも微笑《ほほえ》ましく、美世も横で聞いていて思わず笑ってしまう。

「美世さん。笑いごとじゃないですからね、これ。隊長の横暴きわまれり、ですよ」

「ふふ。ご、ごめんなさい……」

「おい。何が横暴だ。人聞きの悪いことを言うな」

目を三角にして、清霞が五道を眼光鋭く見遣《みや》る。

「じゃれ合いもいいですが、そろそろ席に着いてもらってもいいですか？　堯人さまもいらっしゃったので」

割って入ったのは新だった。気づけば、庭の入り口に集まっていた招待客の面々も桜の木の近くに用意されたテーブル席や、敷物《しきもの》の上にすでに向かっている。

「そういえば、今日はあいつも来るのか？」

美世と清霞、五道、新の四人で歩き始めると、五道が新に問う。五道の言う『あいつ』には、美世にも心当たりがある。

問題なく伝わったようで、新が苦笑いを浮かべた。

「ああ、辰石《たついし》の当主ですね。彼ももちろん、招待していますよ。乗り気なようだったので、おそらく到着が遅れているだけかと」

「あの男……時間は守れと言っているのに」

清霞がぼやけば、五道もうんうんと大きくうなずく。

「本当にそうですよ！　いい加減な野郎です！　まあでも、あいつは軍属ではないので隊長が隊長でなくなっても、面倒見るんですよね？　俺、世話しなくていいですよね？」

「……不本意だがな。引き取ってしまったものは、仕方ない」

「よっし！」

力いっぱい喜びを表現する五道はやはり愉快だ。

その後、乾杯の音頭を堯人がとる前に無事に一志《かずし》も到着し、宴《うたげ》は始まった。

薄刃家の用意した酒も料理もすべてが一級品であり、洋風で物珍しい品々に、皆それぞれ舌鼓を打つ。

美世の持参した料理も、煮物や漬物といった代わり映えのしない内容ではあったが案外好評で、なぜか主に男性陣の間で奪い合いになっていた。

（楽しいわ）

親しい人たちとする花見とは、こんなにも心躍るものなのだ。

美世は、快いにぎやかさに身を任せ、楽しげな雰囲気を味わう。それだけで、来てよかったと、この宴会を企画してくれた義浪や新に心中で感謝した。

◇◇◇

堯人は、上座で盃《さかずき》を傾けつつ、宴の参加者たち皆の、明るく、朗らかな表情を眺めていた。

（我は、婚礼には参加できぬゆえ、ちょうどよかった）

今宵、ここにいわゆる『お忍び』で来られたのは、主に大海渡の根回しによるもの。

警備上、また、慣例の観点から、幼なじみである清霞の結婚式に参加できない堯人を気遣う意図もあるのだろう。

さりげない周囲の優しさは、あまり感情を動かさないよう努めている堯人の心にも、じんわりと染みわたる。

久堂家は正清と芙由、そして葉月と彼女にぴったりとくっつく旭《あさひ》とで食事を進め、時には喧嘩《けんか》に似た戯れに興じつつ、そこに大海渡も加わり、一家団欒《だんらん》の時を過ごしている。

五道と一志は、ああでもない、こうでもないと仕事や趣味について論じ、互いのコップに酒を注ぎ合ってどちらが先に倒れるか、暗黙のうちに競っているようだ。

美世は祖父の義浪や使用人のゆり江と、料理を口に運びながら、穏やかに会話を楽しんでいるようで、そこへたまに、新も加わっている。

それぞれが花を見、料理や酒を堪能《たんのう》し、和やかに談笑する。

堯人の望む平和そのものが、ここにはあった。

「堯人さま、退屈されてはいませんか」

声をかけてきたのは、清霞だった。

先ほどまでは美世の横で、彼女を見守っていたはずだが、いつの間に近づいてきていたのだろう。

「退屈などせぬよ。おぬしたちを見ているだけで、実に愉快だからの」

幼なじみのこの男は昔から、超のつく朴念仁である。優しさや気遣いができないわけではないが、あからさまなことは滅多にしない。

こうしてあらためて声をかけてくることも、以前ならあったかどうか。

考えてみると非常に可笑《おか》しく、珍しく素直に、堯人は口端をわずかに上げた。

「それならば、よいのですが」

「おぬしもすっかり気遣い屋になったものよな」

からかいを込めて言うと、清霞はむすっと仏頂面になるかと思いきや、特に気にしたふうもなく、「そうでしょうか」と首を捻《ひね》る。

「だとしたら、彼女のおかげでしょうね」

しかも、平然とそんなことを言ってのけるものだから、これには堯人も笑いをこらえきれなかった。

つい、軽く噴き出した堯人に、目を丸くする清霞。それに、他の者も一瞬にして黙り込み、ひどく驚いたように堯人を凝視している。

思えば、これほどはっきりと笑ったのは本当に久しぶりだ。

次期帝として、異能者を束ね、国を導く者として、大きな感情は極力、表に出さないようにしてきた。

それが正しい帝《みかど》の、国の指導者の在り方だと信じているし、決して揺らがない。

(だが……)

堯人は皆の視線を集めてなお、笑みをおさめることはしなかった。

たまには、こういうことがあってもいい。

態度に出さないだけで、堯人にも感情はある。そして、感情のない指導者には、誰もついてこないのだ。

堯人が心を持つ人であればこそ、民は信じてくれるのだから。

「清霞」

「なんでしょうか」

「結婚、おめでとう。少し、早いがの」

その笑い顔のまま、祝いの言葉を端的に述べた堯人に、清霞もまた、口許《くちもと》を綻ばせた。

「ありがとうございます。堯人さま」

手に持った、なみなみと酒の注がれたコップを掲げる。すると、察した清霞もコップを掲げ、二人はあらためて乾杯した。

堯人の無二の親友の、結婚を祝して。

◇◇◇

あっという間に酔いが回り、料理も半分ほどがなくなって宴もたけなわになった頃。

清霞は宴の喧騒《けんそう》から離れ、薄刃邸の庭を囲む塀に寄りかかり、酒を口にしつつ、桜を眺めていた。

にぎやかすぎるのは、元よりあまり得意ではない。

嫌いではないが、それなりの時間、騒々しい場所にいると、ふと、ひとりで静かに過ごしたくなるのだ。

「少佐。楽しんでいますか」

しばらくすると、新がひっそりと、気配を消して近づいてきた。

今さらそのくらいでは動じないけれど、やはり侮れない男だ、と清霞は幾度目か、舌を巻く。

「ほどほどに」

花見といえば、煩わしい付き合いでしか参加したことがなく、楽しい思い出などなかった。

それらと比べれば、今回の宴は気心知れた参加者ばかりで十分に楽しめたが、素直にそう述べるのは癪《しゃく》で、清霞は言葉を濁す。

新は軽く肩をすくめると、人二人分ほどの距離を空け、清霞の横で自身も塀にもたれかかった。

「……美世が、お前のことを心配している」

これだけは言っておこうと決めていたことを、清霞は淡々と口にする。

詳しく話し合ったわけではない。けれども、己の婚約者が従兄《いとこ》をずいぶん案じているのは、ひしひしと伝わってくる。

目の前の新本人も、そのことは気づいているはずで、あらためて教えてやる必要はないのかもしれない。だが、このままでいいとも思えないのだ。

「ありがたいですね。俺は心優しい従妹《いとこ》を持って、幸せ者です」

「お前が美世を心配させるようなことばかりするからだろう」

「はは。否定はしません」

自嘲気味に口許を歪《ゆが》め、新は少し視線を上向かせる。

「それで、少佐はいったい何をしたんです？　美世に何やらお粗末な呪いがかかっていたような痕跡がありましたが、実際に、何かあったんですか？」

「………………」

「他人の心配をしている場合ではありませんよね。俺が浮気だと言ったときも、怪しい態度をしていましたし」

なるほど、この男はこれを訊《き》きにわざわざ近づいてきたのかと、清霞は苦々しく思う。にこやかに、穏やかに、しかし他人の隙は逃さない。すっかり、元どおりのいい性格の薄刃新が戻ってきたらしい。

オクツキでのやりとりで話は終わったと考えていたが、どうやらそういうわけにもいかなそうだ。

忌々しさから、清霞は大きなため息を吐《つ》く。

「あのときも言ったが、断じて浮気などしていない。……ただ」

「ただ？」

「美世の小学校の頃の同級生だとかいう女に会った。それで、少し、泣きつかれただけだ」

「泣きつかれるって、頼みごとをされた、というほうではなく、物理のほうですか？」

「……両方だ」

「それは、まあ、なるほど」

自分で自分の顔を見られはしないが、よほどのしかめ面をしていたのだろう。こちらにちら、と視線を向けた新は呆《あき》れ笑いをする。

「災難でしたね。美世以外の女性に触れられて、浮気はしていないけれど、若干の後ろめたさがあり、つい不審な反応をしたと」

前から思っていたけれど、少佐は純朴ですね、と続ける新に、清霞は微《かす》かな殺意を憶《おぼ》える。なんとなく、馬鹿にされた気がした。

「そのこと、美世には？」

「言った」

あとで話す、と宣言したとおり、禁域から家に帰ったのち、清霞は美世に彼女の元同級生だという、長場君緒《ながばきみお》という女性について、屯所であったことを報告した。

美世は驚きつつも、動揺などせず、落ち着いて清霞の話を聞いていた。

無論、すべて話し終わったあとには謝罪もしたが、まったく気にしていないので大丈夫だと言われてしまった。

それはそれで、そこはかとなく虚《むな》しい気分ではあったのだが。

『もし勘違いだったら……その、君緒さんに悪いのですが、わたしの呪いは、君緒さんに教えていただいたおまじないのせいかもしれません』

浮気については本当に気にしていないふうだった美世が、何やら引っかかる点があるような素振りを見せたので訊《たず》ねると、こんな答えが返ってきた。

清霞はそのまま、新に伝える。

「おまじない……」

「ああ。美世から詳しく話を聞いたが、間違いなさそうだ」

おまじないと、その内容は美世から聞き取った。

物語を語り継ぐ方法で伝播《でんぱ》する呪いは珍しいが、ないわけではない。素人にもできる、安易な呪いである。が、易しいがゆえに効果も弱く、あまり長続きしない。せいぜいもって数日程度。

本当に、ただのお遊びなのだ。

ゆえに、長場君緒に美世を害する意図があったのかは定かでないし、あったとしても何がしたかったのか、よくわからない。

（だが、なんだ。この妙な心地は）

美世との式はもう数日後まで迫っている。憂いなく臨みたいのに、どうしても不穏なものが清霞の胸の内に巣食っていた。

「少佐?」

怪訝《けげん》そうに声をかけてきた新に、清霞は正直に告げる。こればかりは、隠しても仕方ない。

「何か、嫌な予感がする。杞憂《きゆう》であればいいが」

警戒する人間は多いほうがいい。また何者か、暗躍する者があるのなら、それが異能者や術者であるのなら、薄刃とて無関係ではないのだから。

「少佐がそこまで自信なさそうにしているのも珍しい」

「……そんなことはない」

だが——。

自信がないわけではない。ただ、守るものが明確になり、清霞の中に前より強く恐れの感情が生まれた。

甘水のせいもあるだろう。あれだけの異能者がもっと狡猾《こうかつ》に、もっと周到に迫ってくれば、美世を守り切れないかもしれない。そんな不安がつきまとうようになった。

当然、甘水ほどの敵はそうそういるものではない。

彼の異能はまさに異能者――人間を欺き、倒すことに長《た》けていた。誰よりも薄刃らしい薄刃の力であり、だからこそ、皇家も、国も、当の薄刃家さえも、彼に手出しできぬまま、彼が表舞台に現れて好き放題に動き始めるまで対処できなかった。

人間が相対するには、最悪の敵。

それが甘水直《なおし》という男だったのだ。

しかし、彼がいなくなった今、こと国内でいえば、あれほどの異能者は他にはいない。

少なくとも、国に登録されている中には存在しないし、未登録ということも考えにくい。

それこそ甘水が言っていたように、現代は異能者や見鬼の才を持つ者には生きにくい世だ。大勢の人間と違う性質を持つ異能者や見鬼《けんき》の才を持つ者は、現れればすぐに見つかる。

未登録のままという事態は、ほぼありえない。

（そう言い聞かせても……不安はぬぐえない）

どんな脅威が来るかわからない。そして、美世が狙われない保証もない。

清霞は甘水の存在で、よくよく思い知った。

「決して、自信がないわけではない。だが、軍を辞してもうかうかしているわけにはいかないと、気を引き締めている最中なだけだ」

「そうですか」

空になったコップを握りしめ、清霞は寄りかかっていた塀から背を離す。

「少佐」

「なんだ」

新の呼びかけに彼のほうを振り返れば、そこには、不敵に笑む男の姿があった。

「昨年、お約束していた再戦は、祝言の前か、後か、どちらにします?」

清霞は不意を突かれ、息を呑《の》んだ。

そうだ。あのとき、最初に薄刃家へ来たとき、清霞は新と刃《やいば》を交え、負けた。その後、万全の状態で再戦をしようと、確かに言われた気がする。

完全に忘れていた。

(今さら……今だから、か?)

新の瞳が、真っ直《まっす》ぐに問うてくるようだ。お前に美世を守り切れるか、と。こちらの心の奥深くをうかがい知ろうとする、目。闘志。

試され、挑まれている。

しばし、視線が交錯する。これまでにもあった、ひどくひりつく瞬間だ。彼は常に黙って問うてきた、清霞の行動を。その最後が、今このときなのだろう。

清霞も剣を握る者として、負けたままでいるのは不本意ではある。けれど。

「私は——」

「冗談ですよ」

鋭く、こちらを刺し、射貫《いぬ》くほどの殺気を先におさめたのは、新だった。

今度こそ、本当に再戦することになるかと身構えていた清霞は、拍子抜けする。しかし、彼の視線が今は清霞でなく、その背後に向けられているのに気づき、それを追った。

「旦那さま。お邪魔でしたか？」

微風《そよかぜ》に揺らめく夜桜を背に立ち、おそるおそる、といった様子で清霞たちのほうをうかがっているのは、美世だ。

桜色の着物を纏《まと》い、桜の花にまぎれるように佇《たたず》む彼女は、美しかった。

線の細さがあり、儚《はかな》さもある。加えて、一年前よりも芯の通った存在感を持つようになった彼女は、誰よりも清楚《せいそ》で、可憐《かれん》に見えた。

「いや」

短く返せば、足はまるで引き寄せられるように、おのずと、彼女へと向かう。

ふと、自分は愛らしい花に吸い寄せられる蜂みたいなものなのではないかと、男の風上にも置けない考えがよぎる。

だが、それも別に悪くはない。

「邪魔ではない。すぐ、行く」

鏡がないので見えはしないが、清霞は自分の表情が緩むのを感じる。きっと、誰が見てもだらしない顔をしているに違いない。

「……再戦なんて、したところで意味はありませんから」

空気の流れに乗って、微かな新の声が聞こえた気がした。清霞は、それを、聞こえなかったことにする。

おそらく、これきり、新が清霞に挑んでくることはなくなるのだろう。その必要は、いつの間にかなくなっていたのだ。

(お互い、前に進んでいる)

戦いに固執する意味は、もうない。あとは振り返らずに、進み続けるのみ。

清霞は美世の前に立つ。

一年の間に、確かに血色も改善し、少しは肉づきもよくなった美世は、白い肌を薄紅に染めている。

「旦那さま。わたし、旦那さまと一緒に、初めての夜桜を見たくて」

「ああ。見よう」

薄刃家の用意した瓦斯燈《ガスとう》の光に照らされた庭は、ほどよい明るさと暗さに、夜の黒と桜の紅が映え、なんとも幻想的な景色を生み出していた。

「あっ、そういえば、呪いの影響が弱くなったみたいです」

美世がはっとして言う。確かに、『一緒に初めての夜桜を見たい』と、否定的でない言葉を口にできていた。

「よかった。お前に、何事もなくて」

そっと、壊れ物を扱うごとく、美世の細い肩を抱く。その髪に顔を寄せれば、どことなく甘い香りが鼻を抜け、胸をいっぱいにする。

「も、もう！　旦那さま、皆に見られてしまいます……！」

耳を真っ赤にして身じろぎする美世に、清霞は軽く噴き出した。

「見られなければいいのか」

「ど、どどどうして、そういうことをおっしゃるんですかっ」

真っ直ぐな黒髪も、黒目がちな瞳も。滑らかな頬に、小さな唇も。見れば見るほど、美世を見つめれば見つめるほど、愛《いと》しく感じる。愛おしさばかり募って、溢《あふ》れ出《だ》す。

最初に、彼女のほころぶような微笑《ほほえ》みを見たときを思い出した。

当時は、こんなにもこの斎森美世という少女を愛する日が来ようとは、想像すらしていなかった。

けれど、あのとき抱いた感情も、今よりはずっとずっと小さかったが、間違いなく『愛おしさ』だった。ゆえに、こうなることはあのときからすでに決まっていたのかもしれない。

「美世」

彼女の耳元に囁《ささや》くように名を呼べば、美世は身じろぎをやめ、やや恨みがましさを含んだ、しかし、愛情のこもった瞳で清霞を見上げてくる。

「お前に、触れてもいいか?」

「……もう触れてらっしゃいます……」

「いや、もっと。ここでとは言わない。ただ、この前の続きを」

したい、とまで言うとどうにも欲求をあらわにしているようで、躊躇《ためら》われる。とはいえ、美世にはしっかり伝わっていたらしい。

あるいは、彼女も今や初心《うぶ》なばかりではないのかもしれない。

目を逸《そ》らし、こくり、と控えめにうなずいた彼女は、どこまでも可愛《かわい》らしくて堪《たま》らない。

(己の思考が浮かれすぎていて恥ずかしい……)

近頃の清霞の脳内を他人にのぞかれたら、たぶんもれなく、幻滅され、軽蔑されるだろう。

「でも」

頬を紅潮させた美世が、再びこちらを見上げてくる。

「け、結婚するまでは、待ってくださいますか……？」

「当然だ。そのくらいの良識は持ち合わせているつもりだ」

言いながら、清霞は、はたと我に返る。もしかしたら、自分は美世にさえ良識の有無を疑われるほど、がっついて見えたのか。

(自重しなければ)

さすがに下品で余裕のない男とみなされるのは耐えられない。美世の肩を抱く手を離すことはせず、清霞は反省したのだった。

◇◇◇

その日は、柔らかな春の日差しに、薄く雲のかかった穏やかな日だった。

そろそろ太陽が傾き始め、夕方に差し掛かる時刻。洗濯物を取り込み終わった美世が居間へ顔を出すと、清霞の姿がある。

今日は、結婚式前日。

明日になれば、いよいよ美世は清霞と夫婦となり、斎森美世から、久堂美世となる。

言うまでもなく、ちっとも落ち着かず、家事だけが美世の心の安寧を保ってくれている状態だ。

(でも、そればかりではない気がするわ……)

漠然とした不安、胸騒ぎ。祝言に対する緊張だけではないような、妙な予感が美世の中に数日間、絶えず漂っている。

(どうしたのかしら)

清霞もさすがに今日から数日にわたって休暇をとり、家で明日に備えている。が、どこか心ここにあらず、といった調子で、外を眺めていた。

(もしかして、旦那さまも)

だが、ぼんやりとした、おぼろげなものを言語化するのはたいそう難しい。相談するにも要領を得ないものになりそうで、美世は話せずにいる。

よくわからない以上は、普段どおりに振る舞うしかない。

美世は清霞に声をかけた。

「旦那さま。お夕飯は、何がよろしいですか?」

「そうだな……」

完全にうわの空、というわけでもなさそうで、清霞は美世に緩慢に視線を移す。

「腹に溜《た》まるものを食べよう。明日に向けて」

無表情に近かった清霞の面持ちが少し和らいだことで、美世もほっと胸を撫《な》で下《お》ろした。

胸騒ぎは消えないけれど、彼の笑みを見たら安心できる。

「わかりました。では、ごはんをたくさん炊いて、おかずもたくさん作ります！」

意気込んで返せば、清霞がうなずいた。

婚約者として食卓に料理を並べるのは、明日の朝が最後。とはいえ、朝に多くの料理を作っても、そんなには腹に入らないだろう。

だから、今晩はこれから、食べきれないほど、食卓に並べきれないほどの食事を作る。

（いっぱい食べたら、不安だってなくなるかもしれないもの）

しかし、そう気合いを入れて美世が夕食の準備に取りかかろうとした矢先。窓から、白い小さなものが滑空して室内に飛び込んできた。

「式か？　――小隊の者からだ」

清霞が宙を飛ぶ紙片でできた式を摑《つか》みとり、その主《あるじ》たる術者をあらためる。

すると、連絡用と思われる式は、ひとりでに流暢《りゅうちょう》にしゃべりだした。

『隊長。緊急です。これを聞いたらすぐに、屯所へ。……危険な呪物が見つかりました。

我々の手には余ります』

声には、聞き覚えがある。おそらく、美世とも面識のある、対異特務小隊《たいいとくむしょうたい》の班長、百足山《むかでやま》のものだ。

冷静な彼らしい語気ではあるが、美世にもわかるくらいには、切羽詰まった響きが混じっている。

清霞の行動は早かった。

いっさいの迷いなく素早く立ち上がり、身支度を整えるために自室へと急ぐ。

その間、美世はただ、呆然《ぼうぜん》と立ち尽くすしかなかった。ざわり、ざわり、と心臓のあたりが絶え間なく嫌な音を立てている。

しかし、すぐさま我に返り、踵《きびす》を返《かえ》して台所へ向かう。

緊急事態、かつ、これから屯所に行くのでは、おそらく清霞は夕食をとるのが遅くなってしまうはずだ。

(何か、手っ取り早くお腹《なか》を満たせるものを)

食事の支度はこれからだったため、ろくなものがない。昼に出した野菜の炒《いた》め煮《に》やら漬物やら、冷や飯やらはあるが、悠長に温めている時間はなさそうだった。

この際、贅沢《ぜいたく》は言っていられない。

美世は昼の残り物をありったけ弁当箱に詰め、無理やり蓋を閉めて、包む。

「旦那さま」

居間に戻ると、軍服に着替え、すっかり出勤する支度を済ませた清霞と行きあう。その淡い色の瞳には、わずかな悲しみの色が揺れていた。

形のいい唇は強く引き結ばれ、眉間にはしわが寄っている。

「美世、すまない。できるだけ早く戻ってこられるようにする」

「いいえ。謝らないでください」

美世は首を横に振る。清霞に、気を遣わせることはあってはならない。毅然《きぜん》と、見送らねば。

「お仕事、頑張ってくださいね。もし時間が空くことがあれば、これをお腹の足しに」

「ありがとう」

弁当の包みを差し出すと、いつもの出勤前と同じく、清霞は丁寧にそれを受けとる。毎朝の光景と同じなのに、美世の胸は騒めいて、止まらない。

「お昼の残りで心苦しいのですが……」

「かまわない。補給できるだけ、ありがたいからな」

夕日に染まっているからだろうか。やはり、清霞の微笑みも心なしか、不穏に揺れて見える。

（大丈夫。大丈夫よ。わたしが不安がったら、旦那さまのお役目の妨げになってしまうから、落ち着かないと）

緊急だからといって、清霞の屯所での拘束時間が長くなるとはかぎらない。この一年でも、こういったことはままあったが、案外、すぐに解決することのほうが多かった。

結婚式の前日といっても、特別、焦るような状況ではないのだ。

「気をつけて、いってらっしゃいませ」

「ああ。いってくる」

いつも通りの言葉をかけ、玄関へ歩を進める清霞の背を見つめる。けれど、美世はいてもたってもいられなくなった。

「旦那さま」

呼べば、ぴたり、と清霞の足が止まった。

「怪我《けが》、しないでくださいね。それに、危ないこともしないでほしいです。……わたし、大人しく待っていますから、明日の式をいいものにできるように、心の準備をきちんとして、待っていますから」

自然と早口になってしまう。心臓が早鐘を打ち、上手《うま》く息が吸えない。

本当は離れたくない。二人で穏やかな時間を過ごし、そのまま式に臨みたい。けれど、それはもうかないそうにないから。

悲しむべきではないのに、少し、目頭が熱くなってくる。

泣いて清霞を困らせるのは婚約者として、妻になる者として最低の行為。美世は、涙が零《こぼ》れ落《お》ちないよう、目を伏せ、必死に歯を食いしばる。

握りしめた手のひらが燃えるように熱を持っていた。

「美世」

いつの間にか、清霞が美世のすぐ目の前にまで戻ってきている。そして、美世の拳を撫でるように優しくとる。

「安心してくれ。絶対に、式に支障が出ないようにする。誰よりも私が、明日を心待ちにしているんだ」

「はい」

「私はお前と、早く夫婦になりたい」

――だから、さっさと仕事を終わらせて帰ってくる。

強く言い切った清霞に、涙などあっという間にどこかへ吹き飛んだ。

「はい。わたしもです」

美世は心からの笑みを浮かべてうなずいた。

清霞が自動車で出かけてしまっても、美世はエンジン音が聞こえなくなるまで、玄関で見送りを続ける。

不安は、やはり完全には消えてくれない。

ずっと頭の隅に巣食っていた、嫌な予感。胸騒ぎ。その正体は、このことだったのかもしれない。

けれども、清霞を信じる気持ちのほうがはるかに強く、大きくて、たとえそばに彼がいなくとも彼の腕の中にいるがごとく、美世を支えてくれる。

「明日は必ず、わたしにとって一番の幸せな日になります。旦那さま」

ひゅ、と一陣の風が駆け抜け、鳴る。温かさと冷たさと、両方を含んだ風に背中を押されるように、美世は重たい足を動かし、家の中に入る。

いつまでも立ち止まっているわけには、いかない。

清霞がどれだけ早く帰ってきてもいいように、台所で、たくさんの料理を作る。彼の要望どおりに、食べ応えのあるものを、二人でも、食べきれないくらいに。

炊いた白米は、四合ほど。

大きな鍋にいっぱいの根菜の煮物、ふんだんに具を入れた豚汁。魚の塩焼きに、天ぷらに、揚げだし豆腐。

　ふかした芋を潰してコロッケを作り、卵は玉子焼きにはせず、刻んだ玉ねぎなどを混ぜてオムレツに。

　手を休める暇もなく、一心不乱に料理を作り続け、大皿に盛り、ちゃぶ台に載りきらないほどの品数を用意し終える頃にはとっぷりと日が暮れて、真っ暗になっていた。

「もうこんな時間」

　誰もいないのに、そんな呟《つぶや》きが口をつく。電灯に照らされた居間は、美味《おい》しそうに湯気を漂わせる料理の数々と、その香りでいっぱいだ。

　こういうとき、いつもなら清霞の帰りは待たずに、食事を済ませてしまう。

（でも……）

　今夜はひとりで食事をとるのが、ひどく億劫《おっくう》で、躊躇《ためら》われる。箸をとる気になれない。

　美世はしばし、並んだ夕食をじっと見つめたのち、おもむろに立ち上がり、障子を開け放って縁側に出た。

　じわりと身体《からだ》を冷やす夜風に吹かれ、紺青の夜空を仰げば、ぼんやり光る朧月《おぼろづき》が見えた。

　目を閉じる。春の空気をいっぱいに吸い込んで、何度か深呼吸をしてから、美世は静かに居間へと戻り、箸をとった。

早く食べて、寝てしまおう。明日に備えて、体調も万全にしておかなければ。手間をかけて作ったにもかかわらず、味気ない食事を口に運ぶ。どうしても、いつも向かい合って座っている彼の姿がないのが、落ち着かない。

そうして、美世は結婚前夜をひとりで過ごし——結局、夜の間も、朝になってからも清霞が家に戻ってくることはなかった。

四章　夫婦の契り

「そ、そんな……私は、知りません！　そんな恐ろしいもの……！」

清霞《きよか》の眼前で、女が恐怖に顔を引きつらせながら、叫んだ。女——長場君緒《ながばきみお》は、結った髪が乱れるのも構わず、必死に首を横に振る。

彼女を傍らから見下ろすのは、憤怒《ふんぬ》と嫌悪をあらわに険しい形相をした男——長場。

夜陰の広がる長場家の庭に面した廊下は、さながら修羅場の様相を呈している。

男女から目を逸《そ》らし、清霞は庭に建つ土蔵を見遣《みや》った。

漆喰《しっくい》の白い外壁に、瓦葺《かわらぶ》きの黒い屋根の昔ながらの土蔵は、霞《かす》んだ月光に照らされている。

本来ならばなかなかに絵になる光景であるが、現在その周囲は、十人超の対異特務小《たいいとくむしょう》隊《たい》の隊員たち、そして、長場家の者がひっきりなしに往来し、緊迫感に包まれていた。

それだけではない。

今もなお、蔵の内からは身体の芯を凍えさせ、人間の生物としての本能に畏怖を刻み込む、妖しく不気味な気配が漏れ、流れ出ている。

「交代の時間だ！」

「術が乱れてきている。もっと慎重に扱え！」

「手の空いた者は休憩と軽食を」

ぴりぴりと、戦場にも似た張りつめた空気の中、隊員たちの大声が断続的に飛び交う。

それがこの廊下にもよく響き、余計に空気を張りつめさせた。

「言い逃れか！　近頃、あの土蔵に入ったのはお前だけだというではないか！」

長場が声を荒げ、唾を飛ばし、君緒に怒鳴り散らす。清霞が視線を戻せば、君緒の瞳にはすでに、怯《おび》えと底知れぬ恐怖の色しかない。

「わ、私は、私は、ち、違います。知らない、知らないの」

ひたすらに首を振り続ける君緒。その様子はひどく哀れではあったが、彼女の夫の心には少しの同情も、憐憫《れんびん》も、浮かびはしないようだった。

清霞が報告を受け、この長場家に訪れたのは、まだ宵の口の頃。

指揮を執っていた百足山《むかでやま》に加え、屯所を任せていた五道《ごどう》もすでに到着しており、現場は緊張感とおぞましいほどの妖しい気に覆われていた。

『間違いありません、隊長。――あれは、あの呪物は、土蜘蛛《つちぐも》の脚です』

清霞に告げた五道に、いつもの軽薄な表情や態度はいっさいなかった。

発端は先日、小隊として依頼を請け負った長場家の調査に、隊員を向かわせたことだった。

——長場家の家人が、獣のごとき奇行を繰り返す。

情報をもとに、ひとまず、低位の動物霊の仕業であろうと当たりをつけ、隊員たちは長場家へ赴いた。すると、確かに力の弱い動物霊が長場の母に憑《つ》いていたため、これをつつがなく祓《はら》った。

ところが、数日後、長場の母の奇行が再発してしまう。

五道が報告を受け、再び隊員を長場家に向かわせた。無論、再発防止のため、被害者に体質的問題があるならば、これを和らげるよう手配せよ、あるいは他の要因があるならば、これに対処せよと言い含めて。

それが、今日の昼過ぎの話である。

事態はさらに数刻後、急転した。

『土蔵にひどく危険な気配を放つ呪物らしきものがある——』

長場家にて、あらためて調査を進めていた隊員からの連絡に、まず班長である百足山が現地へ急行。

光の差さない土蔵の中に入り、隊員たちの証言したものを目にした彼は、全身の毛穴から汗が噴き出したという。

ひと抱えほどの大きさの木箱、中に収められていたのは、一本の虫の脚。

通常の虫でなく、異形《いぎょう》の、とびきり大きな個体のものであろう脚の、切り取られた一部であった。

それだけならまだいい。異能者として場数を踏み、経験豊富な百足山すら冷や汗をかき、震えが止まらなくなるほどの妖気、異形の力の気配が溢《あふ》れていた。

これがいかに危険なものであるか、一瞬で判断した彼は、すぐさま屯所の五道と休暇中の清霞へ式を寄越したのだ。

呪物は箱越しに触れるのもやっとの代物、直に触ろうものなら、以前のオクツキの霊と同じく、呪術ではなく、純粋な『呪い』の念に魂を汚染されることになる。

箱に入ったままでも移動させるのは困難であり、しかたなく、この場で封印作業に入っている。

駆けつけた清霞は、すでに封印を始めていた百足山たちに場を任せ、五道の報告を受けたのち、長場夫妻と対峙《たいじ》することとなった。結果、この状況である。

「長場殿。いい加減、経緯を聞き、整理したい。もめるのは後にしてもらえるか」

「ちっ」

夫婦の間にさりげない動作で滑り込む清霞に、長場は下品にも舌打ちをする。

実際、清霞もいつまでもこの夫婦ばかりにかまけてはいられない。封印には四人ずつ、一定時間ごと交代で作業に臨む。あれだけの呪物である。作業をする隊員たちの負担を考えれば、交代要員に清霞も加わらねばならない。

それでも、長丁場になるのは避けられないだろう。

「私は、私は本当に呪物なんて、そんなもの、知りません！　信じて、信じてください、隊長さん」

清霞の軍服の裾に摑《つか》まり、君緒はぼろぼろと涙をこぼしてすがってくる。

「だが、あの木箱を土蔵に運び込んだのはあなただ。それは、間違いないんだろう」

「……それは」

「使用人たちからの証言はとれている。あの木箱を、いったいどこから手に入れたのか、正直に話してもらわねば困る」

現状で、弁明などに興味も価値もない。

あの呪物が――よりにもよって、あの『土蜘蛛の脚』が、誰によってどこから運ばれてきたのか。清霞が知らねばならないのは、それのみだ。

(あのとき、確実にやつの心臓は止めた……『あれ』が刺さっているかぎり、やつは動けもしないし動かせもしないはず)

土蜘蛛。それは、まだこの国が武家政権だったときに生まれた、強力な異形だ。

そしてこの異形こそが、五道の父親の命を奪い、清霞が必死の思いで戦って封じた因縁の相手。

微《かす》かな苛立《いらだ》ちが募る。だが、清霞よりも苛立ち、憤って当然の者がいるので、それを表に出すことはできない。

「術を安定させろ！　気を抜けば今まで積み上げた術式が壊れるぞ！」

彼の指示は、庭先でよく通る。どんな強敵であろうと、彼、五道なら常と変わらずどこか気の抜けた態度で相対する。

そう、どんな強敵であろうと、ただ一体の異形――『土蜘蛛』でなければ。

今の五道は淡々としているようで冷静さを欠き、少しの余裕もない。ゆえに、すかさず飛んでくる怒号にも近い彼の声に、隊員たちも怯えすら抱いているようだ。

(あのままでは隊員たちに余計に気負わせる)

気を抜けない、という意味では、向き合っているものがものなので、問題ないのだが。

「さっさと話せ。場合によっては、一刻を争う」

清霞は裾を掴む君緒の手を振り払い、冷ややかに言い放つ。すると、君緒は肩をびくり、と揺らし、重たい口を開いた。

「この家に、旅の僧侶が……訪ねてきたんです」

「僧侶、だと？」

「はい。笠《かさ》をかぶって、錫杖《しゃくじょう》を持っていて……法衣《ほうえ》と袈裟《けさ》を纏《まと》っていました。けれど、なんというか、とても禍々《まがまが》しくて、怪しい雰囲気の方でした」

「それで？」

うながせば、君緒は震える手で、自らの顔を覆った。

「願いを叶《かな》えてやると言われました。その箱の中身を少し、憎い相手に触れさせればいいと……。それに、箱を家に置いているだけで、おまじないの成功率も上がるから、試してみるといいって。でも絶対に、自分で触ってはいけないって」

だから、箱の中身を、普段から自身につらく当たる義母に触れさせた。君緒はそう語った。

清霞はあらゆることに納得する。彼女の言うおまじない、とは美世《みよ》に仕掛けたものだろう。あれは強力なものではない。そもそも、あんな物語を聞かせるだけのまじないなど、素人が行って効果が現れること自体がおかしかったのだ。

だが、その弱いまじないが、『土蜘蛛の脚』の力で強化され、美世にかけられた。

初めて、目の前の女に殺意に近い怒りが湧く。

「その僧侶が、どこへ行ったかは？」

激情を押し殺し、清霞は問う。けれども、君緒は「知りません」とただ涙ぐんでかぶりを振るだけ。

もう、彼女から得られる情報はない。

そう判断し、睨《にら》みつけるように、清霞は長場と君緒を順々に見遣った。

「沙汰は追って下される。くれぐれも、変な気は起こすな。もし何かおかしなことをしようものなら、そのときは容赦できない」

「ま、待ってください！　わ、私は罪に問われるのですか？　そんな、そんな……助けてくださいますよね？　私は何も」

「やかましい。少しは己を、この状況を、かえりみたらどうだ。沙汰を下すのは私ではない。そのことに感謝するんだな」

振り返らず、清霞は庭に出る。虚《うつ》ろに沈み、静かに恨みを秘めた君緒の目を見返すことは、いっさいしなかった。

いつしか、日はずっかり高くなり、辺りには、春の穏やかな暖かさを帯びた空気が立ち込め始めている。

霞《かすみ》がかった空はよく晴れて、心まで清々《すがすが》しくなる青さが徹夜明けの目に沁《し》みるようだ。

清霞は息を吐き出し、その蒼天《そうてん》から顔を背けて、背後の大きな土蔵を振り返った。

封印を重ねることで、だんだんと総毛立つようなおぞましい気配は薄れているものの、未《ま》だ濃厚な力の気配の残滓《ざんし》が辺りに漂う。

昨日の宵の口から作業を始め、すでに半日以上、皆こうしてここで封印に追われていた。

隊員たちの顔には疲労の色が濃い翳《かげ》を作り、その動きを鈍らせている。

そして、その間を縫って、長場家の使用人が食事や飲み物、手拭などを持って慌ただしく駆け回っていた。

封印はあと少しで終わる。

だが、作業が終了すれば今度はあれをしかるべき場所へ護送しなければならない。

「隊長。……もうすぐ封印も完了します。家に帰ったほうがいいですよ」

声をかけてきたのは、いくらか疲労を滲《にじ》ませた五道だった。

かくいう清霞自身も、疲労困憊《ひろうこんぱい》とまではいかないが、相応に身体《からだ》への負担は感じている。

だからといって、自分だけこの場を放り出すなど論外だ。

清霞は、らしくもなく眉間にしわを寄せている部下に向かい、首を振った。

「いや。私がここを離れるわけにはいかない」

「でも！　今日は結婚式じゃないですか！　美世さん、今頃はきっと不安がってますよ。新郎が式をすっぽかす気ですか!?」

五道の言葉に、美世がどうしているか想像する。

昨夜、家に残してきた彼女は確かに不安を滲ませてはいたが、それでも、決してその不安を口にすることなく、涙も見せず、ただ、したたかなまなざしで見送ってくれた。

五道の言うような、美世がただただ不安がりながら清霞を待っている様子は、思い浮かばない。

彼女なら、信じていてくれる。

それに、今の冷静でない五道にすべてを任せることはできない。百足山もいるが、封印作業で疲れ、冷静でない彼らだけでは何か不測の事態が起きたときに不安が残る。

（絶対に式までに間に合わせる）

婚礼の始まる時間まではあと数刻。急げばなんとか滑り込めるはずだ。

気が逸《はや》る。集中していないと、ふとした瞬間に意識を持っていかれそうだった。言われるまでもなく、清霞もすぐに美世の元へ駆けつけたいと願っている。

けれど、できない。

「落ち着け、五道。まだ猶予はある」

「俺は落ち着いてます。むしろ、なんで隊長はそんなに落ち着いていられるんですか」

清霞は答えなかった。すると、ちょうど封印作業の交代の時間になる。

「お前は休んでいろ。私は交代要員にまわる」

「隊長！」

身を翻した清霞に、追いすがるように五道の呼びかけがぶつけられたが、これぱかりは清霞にも譲れなかった。

結局、それから半時ほどかかり、封印作業は完了した。呪物である『土蜘蛛《つちぐも》の脚』は符でがんじがらめになり、発する妖気はごく微弱になっている。夜を徹した封印により、これですぐさま脅威となることはない。

しかし、すでに朝、というには少し遅い時刻。婚礼が始まる時間までもう幾ばくもない。

「これから呪物を屯所まで護送する。決して余人に触れさせることがないよう、慎重に運べ！」

「了解！」

清霞の号令に、隊員たちは緊張した面持ちで揃《そろ》って返事をする。

この後、清霞、五道を含めた半数の人員で護送任務にあたり、残りの半分は百足山の指揮で長場家での後始末、および、引き続き事情聴取や調査などを行う。

「隊長、もう限界でしょう。俺に任せて早く行ってください」

駆け寄ってきた五道に言われ、清霞は時計を一瞥《いちべつ》する。そろそろ新郎が会場にいないことが騒ぎになってくる頃合いだ。

これから直ちに会場へ向かい、身支度を整えて、ぎりぎり時間どおりにいくかどうか。

強い焦燥は、夜明けとともにとっくに清霞の胸を覆い尽くしている。だが、それ以上に職務への責任感が勝り、足が外へ向くことはない。

「何度も言わせるな。そういうわけにはいかない」

「正気ですか⁉」

「五道」

声を荒らげる部下に、清霞は静かに呼びかけた。いきり立っていた五道は、ぐ、と口を噤《つぐ》む。

「今のお前に、護送を一任することはできない。理由は、わかるだろう」

「……………」

「お前のせいではない。私とて、まったく普段どおりとはいかない。あんなものが見つかってしまえばな。だからこそ、今は互いに互いを見張る意味でも、離れないほうがいい」

「……俺は、冷静です」

「本当にそう思うのか」

問えば、五道は押し黙る。

冷静であるはずがない。自分は冷静だと、そう言い張ることこそ、冷静でない証拠だ。いつもの彼であれば、もっと違う反応をするだろう。

（このまま護送になれば、式には確実に間に合わない）

爪が手のひらに食い込むほど強く、無意識に拳を握る。

もし清霞が間に合わなかったら、美世にどれだけの恥をかかせ、心労をかけることになるか。考えただけで、絶望感に目の前が真っ暗になりそうだ。

「隊長、本当にいいんですね？」

五道が絞り出すように、再度問うてくる。いつの間にか、近くで百足山もじっとこちらをうかがっていた。

ぐらぐらと、足元が揺らいだ気がした。

おそらくこれが、最後の機会。ここで清霞が任務を抜けても、誰も責めはしないだろう。

けれど、そうするには不安要素がつきまとう。

単純だが、危険で重要な任務。これを放りだすことはできない。

(すまない、美世)

謝って済む話ではない。美世にとって、清霞が式を投げ出した事実は、一生の傷になってしまうかもしれない。

美世は清霞を糾弾しないだろうが、間違いなく、ひどく傷つく。

奥歯を噛《か》みしめ、きつく目を閉じる。

(私は)

揺らぐ心で必死に決意を固めた。それを口に出そうと、唇を震わせたときだった。

「えーと、あの……一応、救援に来たんですけど、僕たち必要ですか?」

「えぇ……なに、その訊《き》き方」

「だ、だって他になんて言えば。というか、僕じゃなくて普通は先輩がたが言いませんか? こういうの」

どこかで聞いたことのあるような声がしたかと思えば、長場家の庭に新たに軍服をまとった数名の集団がどやどやと踏み込んでくる。

装いからして、対異特務小隊の隊員に似ているが、違う。彼らは——。

「対異特務第二小隊か？」

清霞が顔を上げると、頼りなさげに集団の先頭に立たされている、見るからに物慣れないふうな隊員と目が合った。

顔に、見覚えがある。驚きで、思わず息を呑《の》んだ。

「お前は――」

「お、お久しぶりです」

その人物は笑みのような何かを浮かべ、後頭部に手をやりながら、会釈した。

◇◇◇

ゆるゆると、浅い眠りの微睡《まどろ》みの中、美世はぼうっとして、何もない空間に立っていた。

何もないけれど、何やら、声が聞こえている気がする。

『――心配はしなくてよろしい。そなたの悩みは、この箱の中身が解決してくれる』

『本当に……？　本当にこれで願いが叶《かな》うの？』

『もちろんだとも。霊験あらたかなものだ。きっとそなたの悩みを消し、願いを叶えてくれるだろう』

少しずつ声のするほうへ近づくと、ぼんやりと、どこかの家の門が見えた。

そこで、女性と旅の僧侶の装いをした男性とが話している。双方とも、顔ははっきりせず、判別できない。

けれど、女性のほうの声はどこかで聞いたことがある気がした。

女性は僧侶からひと抱えの茶色い木箱のようなものを受けとると、何度も頭を下げて門を閉じる。

僧侶は閉じられた門をわずかに見上げると、錫杖《しゃくじょう》を片手に歩きだした。

一歩一歩、踏みしめるように歩く僧侶のあとを、美世の視点が美世の意思とは関係なく勝手に追っていく。

しかし、僧侶の後ろ姿を追っていたはずなのに、いつの間にか僧侶のいた場所を、草臥《くたび》れた着物の女性が歩いている。

（あれ……？）

いつ入れ替わったのだろう。

おかしい、と寝ぼけた頭で思うも、夢の中のことだと気に留めず、美世の視点はそのまま女性の背を追っていく。

女性は休むこともなくひたすら歩き続ける。

周囲の景色は白くかすんでいて鮮明ではなく、時間の経過もよくわからない。が、ずいぶん長く歩いているのはなんとなくわかる。

いつしか、女性は街中から山の中に入り、荒れた獣道を進んでいた。

生い茂る山の草木に足をとられることなく、揺るがぬ足取りで進んだ女性の行く先。

そこにあったのは——。

「ん……」

美世の意識は急速に浮上して、重たい瞼《まぶた》を上げる。見慣れた自室は薄《うっす》らと明るく、すでに日が昇り始めているのがわかった。

美世はのろのろと上半身を起こし、ぐっと、伸びをする。

「不思議な夢ね」

寝起きの頭で先ほど見ていた夢を思い出し、首を捻《ひね》った。だが、結局、女性がどこにたどり着いたのかも見届けられず、なんとも釈然としない。

美世の夢見の異能が働いていた気がするけれども、何の意味がある夢なのか、よくわからなかった。

（それよりも……）

夜が明けた。

結婚式の日の、朝が来た。

支度部屋で、葉月《はづき》、ゆり江《え》、芙由《ふゆ》と待機し始めてから、どれくらい経《た》っただろうか。とっくに支度はすべて終え、あとは新郎の到着を待つのみ。けれど、新郎である清霞は、一向に姿を現さない。

十分な余裕を持って設定されていた日程だが、すでにその余裕は使い果たされつつある。

「大丈夫だとは思うけれど、遅いわね」

腕を組み、唇を尖《とが》らせるようにして、葉月がぼやいた。

美世を気遣い、あまり態度には出さないものの、葉月たちがやきもきと気を揉《も》んでいるのがわずかに伝わってくる。

――清霞は間に合わないのではないか。

恐れが顔をのぞかせるたび、美世はそれを見ないようにしている。だが、いよいよ無視するのも限界が近づいていた。

葉月やゆり江、芙由と他愛のない会話で気を紛らわすうちに、時間になる。

(怯《ひる》んではだめよ。旦那さまはきっと間に合う)

毅然《きぜん》として、前を向く。このくらいで動じてどうする。これから、久堂《くどう》家当主の妻になろうという者が。

ほんのひとしずくの希望だけを頼りに、不安ばかりの心を見ないようにする。

「さ、行きますわよ。しっかりなさい」

「はい。参りましょう」

芙由からの激励を受け、美世は微笑《ほほえ》みとともに部屋を出た。

これから、四人で控室へ移動する。そこにはすでに、花嫁行列に参列する親族一同が揃っているはずだ。

言葉少なに、美世たちは歩を進める。

支度部屋から控室に繋《つな》がる廊下を行く途中、美世は窓の外へ視線を投げる。

時折吹く風に、桜の花が散り、舞って、石畳の上でひらひらと渦を巻くように転がり、流されていく。

満開を過ぎ、あとは散っていくだけの桜。

その心淋《うらさび》しさが、この晴れの日にひとりで歩むしかない美世の心を映しているようで、口の中に苦みがこみ上げる。

かつらに、金色に煌《きら》めくいくつもの花の髪飾り、綿帽子をつけた頭は首が折れそうなほど重い。幾重にも着込んだ白無垢《しろむく》はずっしりと肩にのしかかるようで、帯も崩れはしないかと気が気でなく、長く引きずる裾の衽《ふき》もどうにも気になってしまう。

(足が、止まってしまいそう)

だましだまし、ここまで歩いてきた。けれど、控室が、式本番が近づくほどに、憂鬱になるのを止められない。

あれほど喜ばしい日だと、楽しみにしていた婚礼が、深く、重く、美世の心を沈ませていく。

親族ばかりの神前結婚式だ。清霞が間に合わなくとも、きっと美世が説明するまでもなく、事情を察し、同情してくれる。美世だって、清霞の仕事のことならば仕方ないとわかっている。それでも。

「旦那さま……」

もしこのまま、たったひとりで式を挙げられずに一日が過ぎてしまったら。いったい、どうしたらいいのだろう。

化粧が崩れるから、泣いてはいけない。そう思うのに、視界が滲《にじ》む。今にも涙が溢《あふ》れて、雫《しずく》が滑り落ちそうだった。

(旦那さま、早く来てください)

重たい心と衣装を引きずって、なんとか美世は葉月たちと控室にたどり着いた。

「美世……」

真っ先に出迎えてくれたのは、美世の親族として来てくれた、義浪《よしろう》と新《あらた》だ。

「綺麗《きれい》ですよ、美世」

「本当に。祖父として、誇らしい」

義浪は式が始まる前だというのに目を潤ませている。彼らの、何の含みもない普段どおりの様子に、わずかばかり落ち着きが戻ってきた気がした。

「ありがとうございます。新さん、お祖父《じい》さま」

美世はあまり頭を下げられない代わりに、丁寧に礼を言えば、義浪が、励ましを込めてか、優しく肩を叩《たた》いてくれた。

続いて、正清《ただきよ》もやってきて「綺麗だよ」といつものようににこやかに、飾りけのない率直な褒め言葉をくれる。

「お義父《とう》さま、ありがとうございます」

そうして美世が親しい人たちと話していると、

「少しいいか」

と、声をかけてきた者がいた。

美世の目の前に進み出てきたのは、男女の二人組。

おそらく夫婦だろう。男性のほうは三十代くらい、軍人の正装に身を包み、背が高い。どこか野性味のある精悍《せいかん》な顔つきで、鋭い目元に切り傷の痕があり、左足を引《ひ》き摺《ず》って歩いているのが目を引いた。

女性のほうは対照的に小柄で、年は二十をいくらか過ぎたあたり、美世よりも少し背が低く、おっとりと落ち着いた印象のある清楚《せいそ》な美女である。

真《ま》っ直《す》ぐに近づいてくる彼らを、葉月が気を利かせて紹介した。

「美世ちゃん。こちらは、今日の式で媒酌人を務めてくださる、光明院《こうみょういん》さんと奥さまの節《せつ》さんよ」

「光明院だ。よろしくな」

葉月の紹介を受け、にやり、と笑った光明院の、やや粗暴さの見え隠れする雰囲気に気《け》圧《お》されつつ、美世は頭を下げる。

「よ、よろしくお願いします」

「妻の節です。媒酌人なのに、到着が間際になってしまってごめんなさい。本当ならもっと早く来て、前もってきちんとご挨拶するべきだったのに」

節が申し訳なさそうに眉尻を下げて言う。それに対し、葉月がにこやかに首を振った。

「仕方ありませんわ。光明院さんはそうそうお仕事も抜けられないでしょう。対異特務第二小隊の隊長さんですもの」

「そう言っていただけると、こちらも少しは気が楽ですわ」

「うちの弟は新郎なのにまだ到着していませんから。何も言えませんわ」

葉月と節の会話を聞き、美世は呆気《あっけ》にとられて、こっそりと光明院を見る。

対異特務第二小隊。

旧都を拠点とし、対異特務小隊と職務内容や規模を同じくする、もうひとつの部隊だ。

一時期、対異特務小隊にいた薫子《かおるこ》の本来の所属先でもある。

旧都は、維新前には帝《みかど》の住まう都だった土地。そして、多くの異形《いぎょう》が跋扈《ばっこ》する場所でもあった。そのため、未《いま》だに実力ある異能者たちが住まい、異能者にとっての聖地ともいえるのだと、美世も聞いたことがある。

斎森《さいもり》家や久堂家、辰石《たついし》家などは、帝が旧都から帝都へ居を移す際にともに拠点を移した家であるが、そうでない異能者の家が旧都にはいくつも残っている。

そんな旧都で軍属の異能者をまとめる立場にある人物が、光明院という、この男性なのだと思うと、美世は興味を隠せなかった。

美世が見ているのに気づいたのか、光明院と視線がかち合う。

「俺は、まだ五道隊長の頃に対異特務小隊で副官をしていたんでな。清霞にとっては先輩兼上司だったわけだ。その縁で、今回は媒酌人をすることになった。本来なら、大海渡閣《おおかいと》下あたりが適任なんだろうが、あの人は独り身だしな」

媒酌人は夫婦でなければならない。よって、葉月と別れた過去を持ち、新たに妻を迎えていない大海渡には務まらないのだ。

美世もそれはわかっているので、首肯した。

「足をやっちまってるんで、何かと不都合もあるだろうが、ま、ひとつよろしく」

己の左腿《ひだりもも》を叩いて、光明院はあっはっはと大口で笑う。どうも、豪快かつ若干粗野なところのある人柄のようだ。端整な顔立ちなのに野獣のような雰囲気があるのも、うなずけるというものである。

しかし、嫌みな感じはまったくしない。裏表のない人物なのだろうと、美世はほっとして、無意識に強張《こわば》らせていた顔から力を抜いた。

「ごめんなさいね。この人、野蛮だから驚くでしょう。式で粗相をしないように、私がちゃんと見張っているので、安心してくださいね」

「おい、節。お前、自分の旦那に向かってずいぶんな言い様じゃねぇか」

「事実でしょ」

光明院と節のやりとりは、友人同士のように軽快で、気安い。聞いているだけで、二人の間に確かな信頼関係を感じさせる。

美世の意識は、まだやってこない清霞へと飛んでいく。

もし、このまま清霞が間に合わなかったら――。

たとえ式が上手《うま》くいかなくても、夫婦になることはできる。それはわかっているけれど、もしかしたら、清霞とこんなふうに深い信頼関係で結ばれた夫婦になれないのではないかと、どうしても嫌な想像ばかりしてしまう。

愛想笑いを保ちつつ、美世が不安を膨らませていると、光明院の目がすう、と細められた。

「清霞が来なくて、心細いだろうが」

「……はい」

「大丈夫だぞ、たぶん。どうにも厄介なことになっているようでな。さすがのあいつでも手間取っているようだが、俺がここに来る前、うちの第二小隊から援軍を送っておいた」

美世は目を丸くする。

「そうなのですか？」

「ああ。新人で頼りないやつも交じってはいるが、腕利きもいるし、清霞のひとりくらい抜けられるだろ」

肩をすくめて言う光明院に、少しだけ、美世は希望を見た気がした。

ひと通り挨拶が終わってしまうと、やはり、新郎の姿がないことに室内には沈痛な空気が広がり始める。

どうにかして時間を潰し、気分を浮上させようにも、婚礼の直前に話す内容などそう多くはない。あっという間に話題は尽き、沈黙のほうが長くなっていく。

「……久堂少佐」

新がぽつり、と呟《つぶや》くのがやけにはっきりと、耳朶《じだ》を打った。たったひと言の呟きが、美世の耳には絶望感を持って聞こえてしまう。

（旦那さま）

もう、どうしようもないのだろうか。予定の時間を、少し過ぎてしまった。いつ、神職の者にもう待てない、と宣告されるか、想像して震えが走る。

美世はうつむき、固く手を握りしめた。

（覚悟を決めなくちゃ）

うつむいた顔を、しっかりと上げる。手の震えは、さらに強く握りしめて押し殺した。

泣きそうになって、うつむいて。それでは昔の自分と変わらない。皆に気を遣わせているようでは、清霞の妻はきっと務まらない。

(今日から、わたしは久堂家当主の妻になるのだから)

美世は腹に力を込め、背筋を伸ばす。そうして、控室にいる全員に向かって口を開こうとした。

それと同時。

にわかに遠くのほうで、ばたばたと慌ただしく人の動く気配がする。

「こちらです、お早く！」

神社の者が、焦りを含んだ早口で言うのが聞こえた。

(もしかして――)

深く考えるよりも早く、期待から、美世は気づけばひとかけらの躊躇《ちゅうちょ》もせずに、控室を飛び出していた。

「美世ちゃん!?」

「ちょっと、どこへ行くの！」

葉月や芙由の呼ぶ声が聞こえる。しかし、足は止まらない。美世は重く、ただでさえ動きにくい白無垢で、精一杯に廊下を駆けた。

(旦那さま、旦那さま、旦那さま！)

逸《はや》る心のまま、駆けて、駆けて、転びそうになっても耐えて。

おそらく距離にしたら、たいして移動していない。しかし、気が遠くなるほどに感じた廊下を走った先に。


——息を切らせた清霞が、やや目を瞠《みは》って美世の真正面に立っていた。


「すまない、遅く、なった」

こんなにも慌てて、肩で息をする彼をこれまで見たことがあっただろうか。

幻ではなかろうかと、微《かす》かに疑ってしまう気持ちとともに、それを上回る大きな安堵《あんど》が美世の胸に広がった。

「だ、旦那さま……」

せっかくこらえていた涙がこぼれそうになり、膝の力が抜け、今にもへたり込んでしまいそうになる。

「美世!」

頽《くずお》れかけた美世の身体《からだ》を、清霞が飛びつくようにして支えてくれる。清霞が握ってくれた手は、冷たくなって震えている。せっかくの強がりは、すぐに崩れ去ってしまった。

うれしいのに、恐怖がぶり返したようだ。

「よかった。よかったです、旦那さま……わたし、本当にどうしようって……」

ずっとこらえていた不安が、安心したことでぽろり、ぽろり、と口から漏れ出してゆく。喉も震えて、上手く声が出ない。

こんなにも不安で、こんなにもほっとしたのは、投獄された清霞と地下で再会できたときくらいだ。あれからまださほど経《た》っていないにもかかわらず、またこれほどの思いをすることになろうとは、想像もしていなかった。

「……でも、信じていました」

めいっぱいの笑顔を清霞に向けると、清霞もまた、涼やかな目元を緩ませて、微笑《ほほえ》む。

「私も、お前なら、信じて待っていてくれると思っていた。……綺麗《きれい》だ、美世」

慈しみに満ちた清霞の囁《ささや》きに、頬が熱くなる。けれど、そんな少しの気恥ずかしささえ、今は心地よく、喜びに変わっていく。

「走ってくるお前の姿を見たとき、綺麗すぎて驚いた」

「旦那さまも、いつも綺麗です」

「……ひと晩中、慌ただしくしていたから、今はまったく綺麗ではないと思うが。身だしなみも乱れているし」

美世は笑った。

清霞は微妙に顔を歪《ゆが》め、唇をへの字に曲げる。そんな彼の態度が可愛《かわい》らしく思えて、美世は笑った。

「では、急いで支度部屋で着替えて、身なりを整えてきてください。わたし、待っていますから」

「ああ」

新郎の支度部屋のほうへ再び駆け出した清霞の背を、小さく手を振って見送る。昨晩、家の玄関で彼を見送ったときとはまるで違い、心が浮き立つ。期待と希望に満ちる。

(本当に……本当に、よかった)

清霞が身支度を整える間、あとほんのわずか待つくらい、なんということはない。不安と恐怖でいっぱいだった先ほどまでを思えば、容易《たやす》いことだ。

ようやく、ようやくここまで、たどり着いた。

日の光に照らされ、風に舞う外の桜の花びらを、美世は晴れやかな気持ちで見つめた。

◇◇◇

見事に晴れ渡った青空の下、雅楽の音が高らかに鳴り響く。

境内に伸びる石畳に日光が反射して、その上を薄紅の花びらが滑っていく。

葉月は一歩一歩を確かめるように、そっと歩を進めながら、前方を見遣《みや》った。

神社の本殿へ向かい、神職と巫女《みこ》に先導される、軍の正装に身を包んだ弟の背。そして、真っ赤な傘をさしかけられた白無垢《しろむく》姿の義妹の背。

二人を眺めていると、ただ花嫁行列の中で歩いているだけなのに、今にも涙が滲《にじ》みそうだ。

(あの二人が……やっと、夫婦になれるのね)

清霞に美世の教育係を頼まれてから、一年近く。葉月はゆり江とともに、誰よりもそばで二人を見守ってきた。

波乱続きだった。

まるで、二人が結ばれることを神が許していないかのようで、傍《はた》から見ていた葉月が苦しかったのだから、美世と清霞はもっと苦しく、つらかったに違いない。

今日、この日になってもなお。もしかしたら清霞は来られないのではないかと、葉月も心中穏やかではいられず、清霞が到着したときは思わず力が抜けるほどだった。

それでも――そんな困難続きであっても、二人は互いに手を離すことなく、あきらめずに前を向き、すべてを乗り越えた。心も身体も、どれだけ強さを求められたか。

葉月は、よく知っている。

境内の外れに植えられた桜が散り、その花びらが雪片のように花嫁行列に降り注ぐ光景は、非常に美しく、感慨深く、ようやく二人の絆《きずな》が受け入れられたような、そんな感覚を憶《おぼ》えた。

ゆっくり、ゆっくりと列は本殿に入る。

歴史を感じさせる木造の神社の本殿内は、厳かな雰囲気に包まれていた。

中央には、天井につきそうなほど高い、神酒を供えられた祭壇が鎮座し、その正面に新郎新婦のための席が、脇に参列する親族たちのための席が、整然と並んでいる。

まず美世と清霞が中央の席に着くと、その後ろに媒酌人である光明院夫妻が着席し、親族一同も左右に分かれて腰を下ろす。

葉月も新郎新婦の二人から目を離せないまま、祭壇に向かって右手の、新郎側の親族の席に着いた。

しん、と本殿内が、静寂に包まれる。

儀式は斎主、神職たちによって、粛々と進められていった。

葉月の位置からは、美世と清霞の顔はよく見えない。緊張しているだろうか、それとも、喜びに溢《あふ》れているだろうか。

（……どちらにしろ、いい顔をしているはずね）

ただ、清霞の姉でしかない葉月でさえ、これほどに胸がいっぱいなのだから。

葉月自身の式も、同じようにこの神社で挙げた。けれど、今このときほど、満ち足りた気分ではなかった気がする。

緊張はもちろんしていたが、もっと高揚感のほうが強かった。ひと言にすると、おそらく、浮かれていた、というのが正しい表現だろう。

あの頃の葉月は、若く世間知らずで、初心《うぶ》で、何もわかっていなかった。

だが、美世や清霞は違う思いだろう。あれだけのことがあって、万感こもごも至らぬはずがない。

だからこそ、葉月もこれほどまでに感じ入ってしまうのだ。

葉月はぼやけてきた視界に笑みをこぼしながら、そっと、目頭を押さえた。

◇◇◇

修祓《しゅばつ》、献饌《けんせん》の儀、そして祝詞《のりと》の奏上。

婚礼の儀は、滞りなく進んでいるようだった。

美世はいたたまれない心地で、ぴくりとも動けないまま、ずっと斜め下を見ていた。緊張もあり、去来するさまざまな感情に、どんな表情をしていいかもわからない。

ただ斎主に指示されるまま、儀式の流れに沿って、立ったり座ったりしているだけで精一杯だ。

ひとつ救いだったのは、綿帽子があること。

頭全体を覆う綿帽子がほどよく美世の視覚や聴覚を周囲と隔ててくれ、なんとか、注目を浴びていることを意識せずに済んでいる。

目を伏せている美世の視界には、己の纏《まと》う白無垢が常に映る。

真っ白な絹の地、銀糸で縫い取った、鳳凰《ほうおう》と牡丹《ぼたん》の吉祥文様。素人目にも、一級品であるとわかるこの白無垢は、重たいけれど、同じくこれを纏った芙由や葉月に支えられているような気持ちになり、安心する。

だというのに、いざ式に臨むと、どこか他人事《ひとごと》のような気もしていた。

(変よね)

本当に今日から清霞と夫婦になるのだと、実感が湧かない。

しかし、それで構わないのだろう。

つい先刻、清霞が任務を終えて駆けつけたあのときに、美世の心は十分に満たされた。

彼がいるだけで、美世はすでに幸せを感じられる。

儀式は必要な形式であるというだけで、美世は清霞との固い結びつきを、もういつだって信じていられるのだ。

そう思った矢先、ふと、隣から大きな手が伸びてきて、優しく美世の手を握る。

顔を上げることはできないが、包み込むようなその手に、美世は安らいだ気持ちで、そっと目を閉じた。

(旦那さまの手、温かい)

手袋越しではあるものの、確かな体温が伝わってくる。それだけで、ぽっと心に小さな火が灯《とも》ったようで、美世の全身が安心感に包まれた。

よそよそしく思えた、静かながら、厳然とした本殿内の空気にもいつしか慣れて、緊張も不安もすっかり消えている。

儀式は進み、次は三三九度。

眼前で斎主が祭壇から神酒を下ろし、銚子《ちょうし》に移すと、巫女が赤い盃《さかずき》にそれを注ぐ。

美世はその様子をじっと眺めていた。この三三九度で、夫婦の契りが交わされたことになる。そう思えば、とても冷静なままではいられない。

先に清霞が、神酒の注がれた盃をゆっくりと、三口で飲み干した。

両手で持った盃に、巫女によって神酒が注がれていく。多くはない。ひと口で飲み干せてしまいそうな量の酒だった。

事前に、飲むふりだけでいいと言われている。美世は酒に弱いので、少量でも、この後に支障をきたしかねないからだ。

透きとおった神酒が、盃の中で揺れている。

そこに微《かす》かに映った自分の顔を見たとき、美世はひどく、泣きたくなった。

——ああ、これを飲み干せば、自分は清霞の妻になるのだ。

どこか上滑りしていた婚礼が、結婚という言葉が、三三九度の段になり、ようやく現実味を帯びて胸に迫る。

今日から、斎森美世は、久堂清霞の妻になる。久堂美世に、なるのだ。

もう婚約者ではない。恋人であり、互いに愛する者同士であり、ともに暮らす家族であり——夫婦。それが、今日から美世と清霞の関係につく名前になる。

儀式など、形式だけのものと思っていた自分は、浅慮だった。

今までの気持ちの形が大きく変化して、これからの形になる。その変化していく感覚を、痛いほどに実感している。

(わたしの番……)

盃に口をつけ、三度、神酒を呑《の》むふりをした。

三つの盃で、三度ずつ、神酒を飲み干せば、夫婦の契りが交わされたことになる。

きっと、美世が酒に弱くなかったとしても、簡単には飲み干せなかっただろう。泣くのを我慢するのに必死で、喉が詰まってしまっていたから。

三三九度を終え、美世は横目でわずかに隣の清霞を見上げる。

目が、合った。

ああ、本当に。

正真正銘、美世と清霞は、妻と夫になって。これからの人生を、死ぬまでともに、寄り添って生きていく。

こちらを見下ろす清霞のまなざしは、いつもよりさらに優しく、愛に溢れている。

——愛している。

声にしなくとも、その言葉が聞こえてくるようだった。

（わたしも）

上手《うま》く伝えられているだろうか。この愛を。そして、この幸せを。

婚礼の儀が済むと、美世を待っていたのは、目の回るような慌ただしさだった。

清霞の到着の遅れにより、あとの日程が大幅に押してしまったため、この後の祝宴までの時間の余裕がまったくなくなったのだ。

特に、式は親族ばかりであったが、祝宴には親族以外にも大勢の客が招待されている。遅れてしまえば、その招待客たちに多大な迷惑をかけてしまう。

名家である久堂家当主の結婚となると、招待客も地位が高く、多忙な者が多いので、余計にだ。

着替えに移動にと、ほっと息をつく暇さえない。

もちろん、清霞とじっくり顔を合わせて余韻に浸ったり、気恥ずかしさを憶えたりする時間もない。

美世はとにかく、今日の式の企画者である芙由や葉月の指示に従い、流されるまま、気づけば帝都会館の宴会場の新婦の席に座っていた。

「大丈夫か？　疲れていないか？」

隣の新郎の席に着いている清霞が、気遣わしげに問うてくる。それにうなずいてから、美世は苦笑いした。

「はい。……少し。でも、平気です」

「そうか」

清霞も安心したように少し、表情を緩めた。

広く、豪奢《ごうしゃ》な帝都会館の宴会場は、ざっと百人以上の大勢の人で埋め尽くされている。

帝都会館は数年前に建てられたばかりの、社交のための施設であり、近頃の上流階級の結婚式では、帝都ホテルと並んでよく選ばれる会場らしい。

まだ新しい建物は、凝った洋風の意匠の高い天井に、輝くシャンデリヤに、真っ白なクロスのかかったいくつものテーブル席にと、まぶしいほど美しく、絢爛《けんらん》だ。

そのままダンスホールとしても使えるというこの広大な一間を、今日は久堂家が借り切っている。

まさしく、名家の名に恥じぬ、贅《ぜい》を凝らした宴《うたげ》だった。

招待客は久堂家と縁のある政府、軍の要人もかなり含まれており、美世にとってはあまりぴんときていないのだが、見慣れた顔も多くある。

親族で、神社での儀式のときも参列していた薄刃《うすば》家の新や義浪。大海渡や、その息子の旭《あさひ》は当然のこと、美世が斎森家にいたときに面倒を見てくれていた元使用人の花《はな》とその夫、久堂家の別邸に勤める執事の笹木《ささき》夫妻、医師の雲庵《うんあん》、そして、対異特務小隊の面々に久堂家の麾下《きか》になった辰石家、その他、異能者たち。

通常、こういう場に使用人などは呼ばないのだろうが、それを許す久堂家の在り方に度量の広さを感じた。

対異特務小隊は全員ではないようで、少ない気はするが、清霞も式に間に合わないかもしれなかった多忙さの中できちんと顔を出してくれている。

こんなにも大勢の人々が自分たちの結婚を祝っているのだと思うと、うれしくはあるけれど、それよりも、不思議な感覚が勝る。

そのことを正直に清霞に伝えれば、彼はくすり、と小さく笑った。

「確かにな。久堂家と縁があるとはいえ、私ともたいして親しくない招待客も多い。戸惑うのも無理はない。……そういう、建前ばかりの付き合いは得意ではないしな」

「そうですね」

清霞の告白に、美世は少しも驚かない。清霞の性格なら、家同士や立場によって発生する表面上の付き合いは苦手だろう。

たぶん、この中で清霞と出会った時期を競えば、美世はかなり新参の部類になる。美世よりはるかに昔に、清霞と知り合った者がこの場には大勢いるだろうから。

けれど、それに引け目を感じることはない。

この一年、美世は清霞と多くの、濃く、深い時間を過ごした。そして、全部とはいわないまでも、清霞のことをわずかずつでも理解できてきたと思う。

何より、彼を想《おも》う心はきっと、誰にも負けない。

「白無垢《しろむく》も美しかったが、今の格好も似合っている」

「ふふ、ありがとうございます。この色打掛は、わたしに合うように、お義母《かあ》さまやお義姉《ねえ》さんが選んでくださったんです」

この祝宴のためにわざわざ仕立てられた色打掛は、薄紅から鮮紅へと肩から裾へ、徐々に色が濃くなっていく、可愛《かわい》らしさと艶《あで》やかさが絶妙に上手く合わさった色味であり、真っ白な二羽《わ》の鶴と、桜と流水の柄も実に見事だ。

値段は教えてもらえなかったが、たいそう値の張る品に違いない。

これほど華やかで美しい着物を、似合うと言ってもらえる自分になれたことが、とてもうれしい。

昔なら、褒めてもらっても素直に礼など言えなかっただろう。

（今だって、褒め言葉を丸々信じられるわけではないけれど）

美世ははにかんで、清霞に笑いかけた。

乾杯の音頭とともに、宴会が始まった。

洋風の豪勢な料理が次々と運び込まれ、酒も飲みきれないほど振る舞われる。しかし、清霞と美世がそれを口にすることはほぼかなわず、ひたすら挨拶に追われた。

大臣に議員、軍の将官。まだ若い男性から、壮年の男性、老夫婦とさまざまだ。しかし、肩書はどうあれ、皆、上流階級の人々であり、気楽にとはとてもいかない。

（頬が攣《つ》りそう……！）

以前、パーティーに参加したときは主催でも主役でもなかったので、ひと息つく時間も多少はあった。

けれども、今日はそうはいかない。

美世は清霞と並んで最も目立つ場所に座っているだけではあるが、そのテーブルの前には挨拶の機会を待つ招待客で列ができつつある。

気疲れもさることながら、常に姿勢を正し、笑顔を保ち、丁重に礼を述べ……と身体《からだ》の力を抜く暇もないので、肉体的にもずいぶんと疲れてくる。

「今日はおめでとう、二人とも」

次から次へとやってくる招待客からの、挨拶と祝いの言葉をなんとかひと通り切り抜けると、苦笑い気味に大海渡が旭を連れてやってきた。

「閣下。ありがとうございます」

「ありがとうございます」

見知った大海渡の前では、美世も清霞もなんとなく人心地ついた気分になった。

「おっ……おめでとう、ございますっ」

「ありがとう」

視線を逸《そ》らして照れながら言う旭は、とても微笑《ほほえ》ましい。美世は作った笑顔ではなく、自然と笑みをこぼして、礼を言った。

大海渡のあとから、久堂家や他の人々もそれぞれ気安い様子で近づいてくる。

「本当によかった、清霞が結婚できて」

ははは、と笑って、冗談なのか本心なのか、わからないことを言う正清。そこへ芙由が、

「旦那さまが悠長に構えていらっしゃるから、清霞さんは婚期を逃すところでしたのよ」

と、扇子で口許《くちもと》を隠し、刺々《とげとげ》しい目と口調で返す。

「え？　そう？　僕は結構がんばっていたよね、縁談もいろいろと用意したし……」

「斎森家との縁談は、あたくしにひと言もございませんでしたけれど？」

「それは、芙由ちゃんに言ったら即却下だと思ったからだよ」

「なんです？　その、あたくしが清霞さんの結婚を妨げていたかのような言い方は」

「ちょっと二人とも。お祝いの席で、しかもお客さまや、親戚一同の前で喧嘩《けんか》なんて、みっともないからやめてくれない？」

白熱しかけた正清と芙由の口論を、葉月が辛辣に止める。これには正清も芙由も言い返せないらしく、揃《そろ》って口を噤《つぐ》んだ。

「隊長～！」

正清と芙由の会話が途切れると、顔を赤くし、明らかに酔っている様子の五道がグラスを片手にひょっこりと前へ進み出る。

清霞は眉をひそめた。

「五道。……お前、飲みすぎじゃないか？」

「いいんですよ！　隊長が抜けたあと、護送の任務、大変だったんですからね！　いったん宮内省の術者のところに預けてきましたけど、気を張っていた分、皆もう、くたくたなんです」

どうやら、五道を筆頭に、祝宴に顔を出している対異特務小隊の隊員たちは、任務を終えてすぐに駆けつけてくれたようだ。

「宮内省の術者だけでは、手に負えないだろう」

「まあ、うちからも人員は割いていますし、本当に駄目なら、また救援要請がくるはずですよ。でも、うちと違って宮内省にはああいう、曰《いわ》くつきの物を扱う設備がありますから、大丈夫なんじゃないですか」

肩をすくめ、どこか投げやりにおどける五道に、清霞はますます眉間のしわを深くする。

「やけ酒はやめておけよ」

「……わかってますよ」

刹那、五道のみせた翳《かげ》のある面持ちが気にならないではなかったが、美世が口を挟める状況ではないので、黙って成り行きを見守る。

「お、ちょっといいか。お二人さん」

ひょい、と手を挙げて、次に声をかけてきたのは、光明院だった。彼に対して、清霞は折り目正しく、頭を下げる。

「今日は媒酌人を引き受けてくださり、ありがとうございます。光明院隊長」

「おお、おめでとうな。清霞。まさかお前の結婚式に媒酌人として参加する日が来ようとは、さすがの俺でも想定してなかったぞ。あっはっは」

「そうですね。光明院隊長が所帯を持つことが、そもそも意外でしたから」

「お前、そういうとこは変わんねーな」

清霞と光明院は、じゃれ合いのように親しげなやりとりをする。節といい、清霞といい、どうも光明院と親しい者は、彼とそうして軽口を叩《たた》きあうらしい。

光明院は、豪快な笑いをおさめ、「うちのもんも、挨拶したいって言ってっから」と脇に避ける。

彼の背後から現れたのは、二人。ともに、軍服に身を包んだ男女だった。

美世は、この日一番、大きく目を瞠《みは》る。

知ってはいたのだ。彼らが招待されていることは。けれど、こんなふうに姿を見せるとは、思っていなかった。

「薫子さん……幸次《こうじ》、さん」

軍服姿の女性は、友人である陣之内《じんのうち》薫子。男性のほうは、一年前に別れたきりの幼なじみ、辰石幸次であった。

「美世さん、お久しぶり。今日は本当におめでとう」

「や、やあ。美世。じゃない、ええと、美世……さん。おめでとうございます」

かすかに涙ぐみつつ、祝ってくれる薫子と、どことなくぎこちない笑みの幸次に、美世はただ呆然《ぼうぜん》とする。

「あ、の……ありがとう、ございます。えっと、幸次さんは……軍に？」

「え、あ、そっか、言ってなかった。そう、そうなんだ。今は、対異特務第二小隊の、新人隊員で……」

互いになんとなくたどたどしい話し方になってしまう。

まさか、あの幸次が対異特務第二小隊に入っているなど、想像もしていなかった。とても理解が追いつかない。

しかし、美世の正面に立っているのは、何年も、ともに過ごした幼なじみの彼そのものだ。

あの柔和な面差しやおっとりとした口調は、以前と変わっていない。

（でも）

しっかりとしたその佇《たたず》まいに、昔のような頼りなさは鳴りをひそめ、代わりに凛々《りり》しさのような雰囲気が漂い、軍服も様になっていた。

昔の彼と同じであって、同じではない。あれから変わったのだ、彼も。美世と同じように。

『僕、自分を鍛えなおすことにした。精一杯、努力するよ』

あのときの宣言どおりに。

あまりに呆気《あっけ》にとられ、美世が何も言えないでいると、薫子が幸次の肩を軽く叩く。

「幸次くん、私が一時的にこっちに来るちょっと前に第二小隊に入隊して、今は先輩隊員にびしびししごかれてるんだよ」

「うっ……まあ、そうなんだよね。思い出すだけで胃が」

機嫌よさそうに弾んだ声で説明してくれる薫子と対照的に、げっそりとして胃のあたりを押さえる幸次。

だが、彼らの受け答えから、幸次が隊で上手《うま》くやっていけているのが十分にわかった。

「辰石幸次。さっきは助かった。ありがとう」

清霞が真剣なまなざしで、率直な礼を幸次に述べる。

「さっき、って……？」

首を傾《かし》げた美世に、清霞はふ、と息を吐いた。

「彼ら、対異特務第二小隊が救援に来て、護送任務を引き継いでくれたおかげで、私は式に間に合ったんだ」

「そうだったんですか……!?」

旧都を拠点とする対異特務第二小隊から、隊長である光明院とともに、この祝宴に招待されている薫子、幸次と、他数名の隊員がこちらに来ているようだった。

光明院を除くその彼らが、ぎりぎりのところで救援に間に合い、非常に重要で危険な、急を要する清霞の任務を引き継ぎ、代わりに遂行してくれたのだという。

おかげで清霞もなんとか式に滑り込むことができ、任務を引き継いだ薫子や幸次、清霞を見送って現場に残った五道らは、任務を終えてすぐに祝宴に参加してくれている。

美世たちの婚礼のために力を尽くしてくれた彼らには、感謝してもしきれない。

「ありがとう……本当に、ありがとうございます。幸次さん、薫子さん」

「どういたしまして、って言うことでもないかな……仕事だし、幼なじみの君のためだから」

ははは、と眉をハの字にして笑う幸次は、昔のままだった。薫子も、うんうん、と深く首肯する。

「そうそう。美世さんの、友だちのためなら、いくらだって協力するよ」

「ありがとうございます……」

これまでに繋《つな》いできた縁。決して、助けてもらおうとか、支えてもらおうとか、そういった目的で結んだ縁ではない。

それでも、ここまで積み上げてきたものが、積み重ねてきた信頼や真心が、窮地に手を差し伸べてくれたのだと思うと、美世は胸が苦しくなるほどうれしい。

（わたしも、皆が困っているときは絶対に、できるかぎりの手助けをするわ）

誓う。この恩は、忘れない。何年後でも返していきたい。

「まあ、そういうわけで、僕も元気にぼちぼちやっているよ。異能もやっぱり弱いけど、今はそれを戦いで生かす技術を身につけている最中なんだ。工夫次第だって、隊長に言われているから」

「おう。幸次、お前はへっぴり腰だが、筋は悪くねぇからな。いくらでもやりようはあるぞ」

光明院が幸次の腰を、ばし、と叩き、同意を示す。

「ちょ、あの、隊長。やめてください……へっぴり腰とか言うの」

「なんだ、幼なじみに格好つけてんのか？」

「そ、そういうこと言うのもやめてください……！」

真っ赤な顔で上司に訴えた幸次は、はっと我に返ったように姿勢を正し、ひとつ、咳《せき》ばらいして、美世に向き直った。

「あの、美世」

「はい」

「君へ、預かっているものがあるんだ。このお祝いの席で渡していいものかは、ちょっと迷うんだけれど――」

難しい顔で、あらたまってそう告げる幸次に、美世は神妙に姿勢を正す。そうして、差し出されたものを見、それが何かを聞いて、目を丸くした。

五章　幸せということ

昼間は日が差し、少々暑くなるくらいだったのに、夜になると急に肌寒さがやってくる。

美世《みよ》は、風呂上りの火照った身体《からだ》を、廊下の冷えた空気で冷ましながら、居間に向かって歩く。

婚礼の儀を終え、祝宴を終えて……肉体の疲労と気疲れとで、頭のてっぺんから足の先まで、全身あますところなく、くたくただ。

湯に浸《つ》かったあとなので、余計にそう感じる。

しかし、あの重たかった白無垢《しろむく》や色打掛、ドレスといった衣装と比べて、寝間着の、なんと薄くて軽くて動きやすいことか。感動してしまう。

ただ、帰宅し、入浴していたときから、美世の脳内を占めていたのは今日の式のことではなかった。

『君へ、預かっているものがあるんだ』

幸次《こうじ》から渡されたのは、一通の封書。差出人を聞き、どきり、と心臓が強く跳ねた。

まだ中身は見ていない。さすがにその場で開けて読む勇気もなければ、そんな空気でもなく、そのまま持って帰ってきてしまった。

居間へ顔を出す前に、自室に寄る。ひとまず文机《ふづくえ》の上に置いておいた、真っ白な封書を手にとり、あらためて居間に向かった。

「旦那さま。お風呂、今、上がりました」

居間では、すでに入浴を済ませた清霞《きよか》が髪をおろし、寝間着姿で、湯呑《ゆのみ》を片手に本を読んでいる。けれども、彼の目は同じ箇所を何度も行き来し、頁《ページ》をめくる手も止まっている。

「ああ」

「あの。少し、いいでしょうか」

美世は封書を胸に抱え、清霞の前に腰を下ろした。

「いいが……どうした?」

「はい。これを、その、ひとりで読む勇気がなくて」

「……ああ」

「わたしが読んでいる間、そばについていていてくださいませんか」

自室でひとりで読むには、この封書は——手紙は、重すぎる。

『これは?』

宛先も差出人も書かれていない、ただの真っ白な手紙を受けとり、首を傾げた美世に、幸次は静かに告げた。

『香耶《かや》からだよ』と。

指先が震えた。自分が息を吸っているのか吐いているのかも、一瞬、わからなくなりそうだった。

だが、あとから思えば、以前よりずいぶんと衝撃は少なく済んだものだ。

おそらく、斎森《さいもり》家を出てすぐの頃だったら、冷水を浴びせられたように動けなくなってしまっていただろうから。

幸次を含め、清霞や葉月《はづき》や――事情を知っている者は、美世を案じたり、心配そうに見守ってくれたりした。

そんな中でいきなり手紙を読むわけにもいかない。手紙を読んで生じるどんな感情も、祝宴には相応《ふさわ》しくないだろう。

幸次は、申し訳なさそうな顔をしていた。

彼は香耶と、婚約関係を続けている。将来どうなるかは未定だが、今のところはごくたまに、文通する仲だそうだ。

直近で香耶から送られてきた幸次への手紙に、美世宛らしきものが同封されていて、それがこの手紙なのだという。

「構わない。お前がそれを読んでいる間、私は、ここにいる」

「ありがとうございます」

いつもの仏頂面で本を閉じた清霞に、美世はほっと胸を撫《な》で下《お》ろす。次いで、胸に抱えていた手紙を、いま一度、じっくり眺めた。

何が書かれているのか、確認するのは、正直おそろしい。

ひどい恨み言や、罵詈《ばり》雑言が書かれているかもしれないし、はたまた、まったく違うことが書かれているかもしれない。

それを想像することすら躊躇《ためら》われて、頭の中は真っ白だ。

深呼吸を、ひとつする。

美世は意を決して、少しずつ、丁寧に封を切り、中の便箋を取り出した。そして、ゆっくりとそれを広げ、短い文章を追う。

〈前略　斎森美世さま、この度はご結婚おめでとうございます〉

初めに書かれていたのは意外にも常識的で、かつ他人行儀な文言。が、次の行からまったくそんなことはなくなった。

〈私はあなたを『斎森』以外の家名では呼びません。一年前のことは思い出すだけで腹が

立ち、同時にやるせなくなるからです〉

美世にはとても書けない、流麗で整った字で、香耶の思いが綴《つづ》られる。

〈ですが、あなたのことさえ思い出さなければ、私はそこそこ達成感に溢《あふ》れた、平穏で満足な生活を送れています。いいでしょう？　久堂《くどう》さまの婚約者となったあなたが苦労していないはずがないですから、私のほうが何倍もましな暮らしをしているに違いありません〉

思わず、くすり、と噴き出してしまいそうになる。

香耶は美世を笑わせるつもりではなく、大真面目に書いているのだろうが、うきうきと、楽しげな筆運びが見えるようだ。

素直にそう思える自分の心も、不思議だけれど。

清霞が捕縛された件は、新聞でも取り上げられた。だから、香耶も知っているのかもしれない。その上で「自分のほうが平穏で、満足な、何倍もましな暮らしをしている」と書いているのなら、皮肉がよく効いた、ぐうの音も出ない正論である。

香耶は現在も、厳しいと評判の家で奉公を続けている。

それなのに、彼女がその生活を肯定的にとらえられるようになるとは、想像もしていなかった。

〈あなたとは、生まれつきの要領のよさが違う私にとっては、奉公だって苦労のうちに入りません。ですから、せいぜい、あなたはあなたの生活を充実できるよう、注力したほうがよいでしょう。あなたのご多幸を祈っております。草々〉

励ましのような、嫌みのようなものがひとしきり書き連ねられたかと思えば、つん、と素っ気なく、そっぽを向くように手紙は急に締めくくられた。

便箋の裏を返してみても、他には何も書かれていない。

美世は、ほ、と張りつめていた緊張を解き、息を吐き出す。

「どうだった？……途中で、笑いそうになっていなかったか」

訝《いぶか》しげに訊《たず》ねてくる清霞に、美世は「はい、まあ」といったん返事をしてから、頬に手を当て、少し考え込んだ。

「なんだか」

思い返すと、確かにひとりでに笑みが浮かんでくる。

「刺々《とげとげ》しいけれど、やけに楽しそうなお手紙でした」

「なんだ、それは」

美世も、自分で何を言っているのかよくわからないが、そうとしか表現できない。皮肉の詰まった内容ではあるのだろうが、昔の香耶に感じていたいやらしさや歪《ゆが》みが、この手紙からはほとんど伝わってこなかった。

　そもそも、美世の知る香耶であれば、こうして美世の結婚に際して手紙を送ってくるということ自体がありえない。

「香耶が、たぶん元気に日々を満喫しているのだろうと──伝わってくる手紙で」

「……意外だな。不平不満でも書いてあるかと予想していたが」

「あの子は、きっと根が素直なんです。それに、真面目です。でなければ、見鬼《けんき》の才があるからといって術を使えるようになったりしません」

　女性でも異能者として活躍することはできるが、少数派だ。薫子《かおるこ》のように、男性に交じって戦う者は珍しい。

　女の身で見鬼の才を持って生まれても、『見鬼の才がある』『異能を持っている』という事実、その能力を次代に繋《つな》ぐ使命が大切なのであって、戦いの場に出ないのなら、実際にその能力を使いこなせる必要はない。

　特に生まれつきの素質に左右される異能と違い、術の類はその技術を仕組みからきちんと学び、練習しなければ使えるようにならない。

　ゆえに、術を使える香耶はそれだけ、修練を積んだということになる。

（だからこそ、香耶にも香耶の、苦しみがあったのかもしれないわ）

一生かかっても、彼女のしたことを笑って許す気になれるかわからない。つけられた傷はまだはっきりと胸に刻まれているし、ふいに思い出して、つらくなるときもある。お姉さま、とあの声で呼ばれたら間違いなく動揺するし、街中で似た姿の少女を見かけると、身を縮こめてしまう。

けれど、許せなくても、彼女と直接顔を合わせるのは無理でも、こうして、彼女の思いを手紙として受け止めることはできた。

どうしてか、今はそれにとても、安堵《あんど》している。

(わたし自身が、前に進めているとわかるから、かしら)

香耶のことだけではない。父や継母《ままはは》に奪われ、失われた歳月も、戻ってはこない。その時間を惜しく思い、憤りを憶《おぼ》えることだって、ないといえば嘘《うそ》になる。

それでも、美世は進んでいる。彼らの暴挙に屈するだけだった斎森美世は、もうどこにもいないのだと、思えるから。

「十七だったか。真面目にしているなら、まだまだやり直せる年齢だ」

清霞が、遠くのほうを見つめて呟《つぶや》く。美世はうなずいた。

「はい。たった一年でも、人は少しは変われますから」

「お前も変わったからな」

「旦那さまもだと、思いますけれど……」

美世が控えめに言うと、清霞は一拍おいて、は、と息を漏らして破顔した。

「そうかもな」

心許《こころもと》ない電灯の明るさが揺れ、静けさが居間を満ちる。

互いに黙り込むと、さまざまな感情が浮かんでは消え、美世は身の置きどころのなさを隠すために、読んでいた手紙をゆっくりしまった。

懸案していた香耶からの手紙のことが解決すれば、おのずと、意識は別のほうへ向かう。

『け、結婚するまでは、待ってくださいますか……?』

数日前、自分で口にした言葉がよみがえってくる。

──結婚するまでは。

もう、結婚したのだ。美世は、清霞の妻になった。だから、これからは。

「あ、あの……！　だ、旦那さま」

美世の呼びかけに、清霞の双眸《そうぼう》がひた、とこちらを見据える。

「あっ、あ………あな、た」

恥ずかしい。普通のことなのに、ほとんどの妻は夫をそう呼んでいるのに、どうしてこんなにも恥ずかしいのか。

今の自分は、目も当てられないほど真っ赤になっているに違いない。全身が燃えるように熱い。

おそるおそる、ぎゅう、と瞑《つぶ》っていた目を開ける。すると、喜びか、驚きか——じっと美世を見つめる清霞の、揺れる瞳とかち合った。

「美世」

「だん、旦那さま……？」

「それは、違うんじゃないのか」

熱くなりすぎた頭の中が、煮え立ったあとの鍋の中身のように、ふわふわと、蕩《とろ》けていく。感覚はひどく鈍く、まるで自分の身体《からだ》ではないかのようで、夢でも見ているようだ。

覚束《おぼつか》ない思考で、美世は清霞を見つめる。

「あ、あなた？」

「ああ、それもいいな。だが、もっと違うのが、私は好きだ」

彼が求めているものがなんなのか、美世は知っている。

おもむろに近づいた清霞の手が、あの日の夜のように美世の背にまわり、美世は至近距離で清霞と向き合う体勢になった。

「き、……清霞、さん」

正しい答えを口にするのと同時、彼の端整な顔が迫る。

唇に落ちる、柔らかくて、甘い感触。意識も、感覚も、酔っているかのごとくどこまでもおぼろげなのに、その感触だけは、鮮明だった。

今までにないくらいの、長くて、深い口づけに、美世は目を閉じる。

どのくらいそうしていただろう。名残惜しくなるほど長く合わせていた唇が、離れた。

「嫌では、なかったか？」

「……はい」

ああ、もう、自分がどんな表情でいるかも、わからない。

熱されて、溶けた、水飴《みずあめ》のような身体からどんどん力が抜けていく。けれど、抗《あらが》おうとは露ほども思わない。

立ち上がった清霞に、美世は軽々と抱き上げられた。

「きよか、さん？」

「さすがに、ここでは差し障るだろう」

彼の言う意味を、深く考えるのが難しい。美世はただ、清霞の首に腕を回してしがみついた。

明かりが消える。

結婚して初めての夜。朧月《おぼろづき》の光と薄闇に包まれて、穏やかに、甘やかに、流れていく。

◇◇◇

街中は、あっという間に春から新緑に移り変わろうとしている。

盛んに散っていた桜はすっかり緑の葉のほうが目立つようになり、日差しも少し、強く感じることが多くなっていた。

婚礼の日から、数日が経《た》つ。

あれから、清霞は軍の仕事で多忙を極め、家を空ける時間がたいそう長い。

式の翌日は、あらためて挨拶をしに久堂家を訪ねたり、斎森家の代わりに美世の親族として協力してくれた薄刃《うすば》家に礼を言いに行ったりと慌ただしかった。

しかし、それらが一段落すると、清霞はあの日、途中で抜け出した任務に関係した仕事で、寝る時間も惜しむほど忙しそうだ。

ゆえに、新婚だというのに、美世はこれまでと何も変わらず、家でひとり、あるいはゆり江《え》と、毎日の家事をこなして過ごしている。

「こうしていると……一年前、斎森に連れ戻された日を思い出します」

美世は日傘を差し、帝都へ向かう道をゆり江と歩きながら、呟いた。

「美世さま――いいえ、奥さま。もう、あの心臓に悪い出来事を思い出させないでくださいな。ゆり江の寿命が縮まってしまいます」

「あ、ごめんなさい。そんなつもりではなかったんですが」

目を丸くし、やや怒った様子のゆり江に、美世は苦笑いして謝る。

美世の腕には風呂敷《ふろしき》に包まれた重箱がひとつ。そして、ゆり江の腕にももうひとつ、抱えられている。

夜は深夜まで、朝は日の出よりも早く家を出て、寝るためだけに帰宅しているような清霞の身体が心配なので、美世とゆり江の二人で差し入れを作り、持っていく途中である。

一年前も、似た時期にこうして二人で、徒歩で屯所を訪ねた。

あのときはつい、美世が清霞からもらったお守りを家に忘れてしまい、大変な事態へと発展してしまった。よって、あれ以来、美世は決してお守りを忘れないように気をつけている。

今日ももちろん、手首に提げた巾着に、お守りを入れてある。

どんな仕掛けがしてあるのか、一年前のお守りよりも、なかなか重みがあった。新しくお守りをもらうごとに、ずっしりと重くなっていくのは、清霞の心配の表れだろうか。

最近も呪いの件があったので、そのうちまた重みが増しそうだ。ちなみに、あのときはお守りを入れた巾着を別室に置いていた。不可抗力である。

「それにしても、時が経つのは早いものです。美世さまがいらっしゃった日が、ゆり江にはまだ、昨日のことのようですよ」

「……わたしは、長かったような、短かったような、不思議な気持ちです」

もう一年経つ、と思うとともに、振り返ってみれば、怒涛《どとう》の日々だった。

停滞していた斎森家での年月よりもはるかに短いのに、出来事を顧みたら、よく自分は五体満足でいられたものだと感じるくらい、目まぐるしすぎた内容だ。

ゆり江の朗らかな笑みが、日傘の陰からのぞく。

「美世さまも、立派な奥さまになられて」

相変わらず、ゆり江の美世への評価はとても高い。しかし、それも、一年も経てば落ち着いて受けとれる。

「ありがとうございます。でも、まだまだです。結婚して数日ですし」

「あら。坊ちゃんと美世さまは誰がどう見ても、お似合いの夫婦ですから、謙遜なさることはございませんよ」

話していると、帝都の中心部近くまではすぐだった。次第に人通りが多く、辺りがにぎやかになっていく。

いつ来ても圧倒される、煌《きら》びやかな街だ。

慣れた道を進み、対異特務小隊《たいいとくむしょうたい》の屯所へ真《ま》っ直《す》ぐに向かう。

屯所に到着すると、門の前の守衛も美世の顔は覚えているようで、美世たちが何も言わずとも、快く通してくれた。

「あれ、美世。……さん」

門をくぐった矢先、出し抜けに前方から声をかけられた。声の主は、見ずともわかる。

どうやら、ちょうど屯所の玄関から出てきたところらしい幸次が、小さく手を振っているのが見えた。

美世はやや歩く速度を早め、幸次のすぐそばまで寄り、呼吸を整える。

「幸次さん、こんにちは。お仕事ですか？」

「うん。明日には旧都に戻るんだけど、それまで手伝いとか、いろいろあって。それで、美世……さんは」

幸次と会うのは、婚礼の日の宴会のときぶり。あのときから思ってはいたが、あらためて聞くと、幸次の慣れない呼び方がなんだか可笑《おか》しい。

「ふふ」

「わ、笑わないでよ。まだ咄嗟《とっさ》に出てこないんだ。さすがに余所《よそ》の家の奥さんを呼び捨てにするわけにもいかないし」

「お気遣い、ありがとうございます」

「いや、どちらかというと自衛の意味が強いかなぁ。馴《な》れ馴れしくしたら、久堂さんに何を言われるか」

と、そこで言葉を切り、幸次は美世の腕の中に視線をやった。

「美世さんは、久堂さんに差し入れ？」

「はい。食堂で美味《おい》しいお食事がとれるというのはわかっているんですが、小腹が空いたときにでもつまんでもらえればと思って」

「久堂さんは、幸せ者だね。君にそんなにも尽くしてもらえて」

幸次の目はほのかに影を帯びて、けれど、同時に以前はなかった強い意志のようなものを秘め、細められる。

「幸次さん……」

「あ、気にしないで。深い意味はないから。僕は僕で、今はすごく充足感のある毎日を過ごせているんだ。だんだんと強くなれている実感もあるし、大変なことも多いけど、第二小隊に入れてよかった」

言って、幸次はにこやかに、「早く渡してきたら」と屯所の玄関扉を開け、中へ促してくれる。

　幸次に礼を言い、美世はゆり江と、屯所内に足を踏み入れた。

　一時は毎日通ってもいた屯所はすでに勝手知ったるもので、見知った隊員たちと会釈を交わしつつ、ひとまず誰か、清霞を呼んできてくれそうな者を探す。

「あ、美世さん」

　そこへ、やってきたのは五道《ごどう》だった。

　へらり、と軽い雰囲気を纏《まと》う彼は、先日、宴会の席で会ったときは元気がなさそうだったが、今日はいつもどおりだ。

　美世は丁寧に頭を下げ、挨拶をする。

「こんにちは。先日はありがとうございました」

「こんにちは。いえいえ、どういたしまして～。今日はどうしました？」

「はい。旦那さまに差し入れを、と思いまして」

　用件を告げると、五道は一瞬にして何やら気まずそうな、苦々しそうな色を、その面に湛《たた》えた。

「あー……隊長はちょっと、来客中というか、取り調べ中というか……もうすぐ終わるとは思うんですけど」

「でしたら、差し入れは置いていきますので、あとで渡しておいてくださいますか」

別に、直接会って渡す必要はない。忙しくとも清霞は毎日帰宅しており、美世ともきちんと顔を合わせている。

元気にしているのはわかっているので、今回は差し入れさえ届けばいい。

そんな気持ちで美世が言うと、五道は「でもなぁ」と腕を組んで眉間にしわを寄せた。

「美世さんが来ていたのに会えなかったら、隊長はがっかりしますよ。あ、ひとまずこっちに置いときますね～」

五道は、風呂敷に包まれた重箱をひょい、と美世とゆり江の腕から取り上げ、手近な台の上に置いてから、身を翻した。

「じゃ、ちょっと隊長の様子、見てきますね。すぐ終わりそうだったら、待っていてください」

早足で去っていく五道を、美世が見送った直後。

やや離れた、どこかの室内だろうか。くぐもってはいるものの、高く響く女性の声が美世の耳に飛び込んでくる。

内容はよくわからないが、「ひどい」とか「どうして」といった、誰かを責めているもののように聞こえた。

次いで、ばたん、とある部屋の扉が勢いよく開いた。

「すみません。本日はもう、帰らせていただきます」

涙交じりにそう宣言し、扉の開いた部屋——応接室から出てきた、着物姿の女性。見覚えのあるその佇《たたず》まいに、美世は驚いて声を上げる。

「……君緒《きみお》、さん？」

君緒のほうも美世に気づいたようで、涙のせいか、赤くなった目がこちらを向いた。

「斎森さん……」

呟《つぶや》いた君緒は、廊下の途中で立ち止まった五道の前を通り過ぎ、美世のもとに駆け寄ってきた。

「斎森さん、あ、久堂さん、ですね。ご結婚おめでとうございます」

「ありがとうございます。君緒さん」

どうやら泣いていたようだったのに、その痕はありつつも、普通に話しかけてくる君緒に呆気《あっけ》にとられる。

そして、婚礼に気をとられて今の今まで頭の隅に追いやっていた事実を、美世は思い出した。

（そうだった、君緒さんはわたしに、呪いを――）

軽いもので、事態はそう深刻にならなかったとはいえ、美世はこの女性に呪われたのだ。

思わず、それとなく身構え、唾を呑《の》み込む。

「ね、少し話しませんか？　久堂さんの結婚式のお話、聞きたいです」

「でも」

眉尻を下げ、目元と鼻を赤くした君緒は痛々しい。

何があったかは知らないけれども、話を聞いてほしいと頼まれれば、応えたくなる。

相手は非力な女性、呪いの件もあるとはいえ、同級生でもあるし、彼女に力はない。大丈夫だろうかと、美世が視線を巡らせた……その、ほんの瞬きの間。

君緒の着物の袂《たもと》から、鈍く輝く、小さな金属が取り出される。

「え、君緒さ……」

「ごめんなさい」

淡々とした、まったく感情がこもっていない声。君緒はまったく躊躇《ためら》いなく、手の中のものを美世の胸をめがけて、振り下ろした。

「美世さま！」

真っ先に悲鳴を上げたのは、近くにいたゆり江だった。続けて、

「やめろ！」

と、五道の怒鳴り声が廊下に響く。

一連の流れが、美世の目にはやけに遅く映っている。君緒の掌中にあるものが、折りたたみの小刀であることに気づいたけれど、身体《からだ》の動きは追いつかなくて、止めるすべがない。

「美世!!」

清霞の声がする。彼は、君緒の出てきた応接室から、血相を変えて飛び出してきた。しかし、当然、君緒が小刀を振り下ろすほうが早い。

「あ……」

ずぶ、と小刀の切っ先が己の胸元に沈み込むのを、避けられない。

痛みは、感じない。しかし、咄嗟に少し身を引いた勢いで、足がもつれ、美世はその場に倒れた。

「こいつ！」

清霞より先にたどり着いた五道が、鬼気迫る、強い殺気を全身から放って君緒を引き倒し、動きを封じる。

「きゃあっ」

君緒が短い叫び声を上げて押さえつけられるとともに、小刀が、軽い音を立てて床に落ちた。その刃は、血に濡《ぬ》れてはいなかった。

屯所の廊下は異常を察知した隊員たちが次々に集まり、瞬く間に騒ぎが広がっていく。

「美世、美世！　大丈夫か」

必死の形相で駆け寄ってきた清霞に抱き起こされ、美世は呆然《ぼうぜん》と胸元を探る。

（なんとも、ない？）

起こした上体のどこにも、着物にすら、ひとつの傷もない。もちろん痛みもなく、わけがわからないまま、首を傾《かし》げた。

「平気です。転んだだけで……でも、どうして？」

「お守り、持っているんだろう」

ふう、と深い、深い安堵《あんど》のため息を吐《つ》いた清霞に言われ、美世も「あっ」と気づく。

改良に改良を重ねているらしいお守りは、一年前とは違い、異形《いぎょう》や異能、術だけでなく、普通の人間からの攻撃にも対応している。

おかげで、大惨事にならずに済んだ。

あのまま小刀が胸に刺さっていたら大怪我《けが》だ。刺さりどころが悪ければ、そのまま死んでしまう。

嫌な動悸《どうき》が止まらない。以前と同じくもしお守りを忘れていたら、と想像すると、背筋に悪寒が走る。

「どうして！」

君緒の鋭い絶叫が、皆の耳をつんざく。

「どうして、どうして……あなたばかり、守ってもらって、幸せそうにして……」

君緒は泣いていた。流れる滂沱《ぼうだ》の涙と、乱れた髪とでぐちゃぐちゃになりながら、号泣している。

「ずるい、斎森さんはずるいです！　どうして私ばかり、皆に冷たくされて、愛されもせず、守ってももらえないの？　呪いだって、あんなことになるなんて思わなかった。私、何も、知らなかったんだもの！　どうして私ばかり、責められるの？」

「君緒さん……」

「わ、私は、どうしたらよかったの？　あの家に嫁入りするのは私が決めたことじゃない。それでも私は、夫にも義母にも、ずっと尽くしてきたのに。それなのに、冷たくされてばかりで、誰も私を大切にしてくれなかった！」

困惑して、美世は口を噤《つぐ》む。

君緒があまり、幸せそうではなかったのは、あの勉強会の日になんとなく察していた。

けれど、それを久しぶりに再会した、たいして親しくもないただの元同級生の美世が、どうにかできるはずもない。

今も、何を言っていいのか、見当がつかない。

美世がうろうろと視線をさまよわせていると、清霞が美世の身体を抱きかかえた体勢のままに、君緒を冷たく睥睨《へいげい》する。

「……だから、しかるべきところに連絡をつけるから、助けてもらえと言ったはずだ。それを無視しておいて、守ってもらえないも何もないだろう」

辟易《へきえき》した様子で吐き捨てる清霞に、君緒を拘束している五道も乱暴に息を吐く。

「少なくとも怪異騒ぎのあと、こちらは手を差し伸べているんだから、『冷たくされた』ってことはない。被害妄想が激しすぎる。余裕がないのはわかるけど」

「そんな……」

「そんな、じゃねぇよ。これであんたは立派な殺人未遂。自分が傷ついているからって、他人も傷つけてやろう、なんて、絶対にやっちゃいけないことだ」

五道の言葉に、君緒の表情がくしゃり、と歪《ゆが》む。激しい慟哭《どうこく》が、響き渡った。

その光景を目にした者たちは、皆、どことなく気まずげで、苦虫を噛《か》み潰したような、暗い面持ちをしていた。

同級生が泣き叫ぶ姿に心が痛む。

美世は思わず、君緒の前に膝をつき、その背を撫《な》でていた。

「君緒さん。わたし、君緒さんとお料理のお勉強会で話せたこと、すごくうれしかったんです」

慰めや励ましなど、美世に言われても君緒は気分を悪くし、憎しみを募らせるだけだろう。だから、唯一、美世が彼女にかけられる言葉は。

「また、お勉強会に一緒に参加しましょう。それに、お話も……たくさんしたいです」

床にうずくまり、突っ伏して泣く君緒に上手《うま》く伝わったかはわからない。

けれど、美世の見間違いでなければ、君緒はかすかにうなずいたように見えた。

「本当に、怪我はないな？　いや、お守りの力は万全だが、万が一ということもある」

「旦那さま、心配しすぎです。本当に、かすり傷ひとつ、ありませんから」

君緒が連行されていき、次第に屯所内が元の日常を取り戻す間、清霞は美世から片時も離れず、延々と心配していた。

何度、大丈夫だと答えても、美世の肩に回された清霞の手の力は弱まらない。

そばにいたゆり江は、あまりの出来事に強く衝撃を受けていたので、近くの椅子に座って少し休んでもらっている。

清霞は心なしか泣きそうに眉をひそめて、目を伏せた。

「……死ぬかと、思った」

「え、あの、ええと」

死ぬかと思ったのは、美世のほうである。

いったい夫が何を言い出すのかと、疑問符を浮かべている美世をよそに、清霞はそうっと、壊れ物を扱うかのように美世の頬に指先だけで触れる。

「あの一瞬で、お前が死んだときのことを考えて、そのあと自分がどうするか想像して……おそらく、私もそう長生きはしないだろうと結論が出た」

「な、なんてことをおっしゃるんですかっ」

美世は、ぎょっと目を剝《む》いた。

ようやく殺されかけた動揺もおさまってきたのに、今度は別の意味で狼狽《うろた》えてしまう。

清霞が死ぬなどとんでもない。無論、自分も死ぬ気はないけれど、そんな、あとを追うような真似《まね》をされたら、幽霊になった自分は、悲しくて、腹が立ってしかたないだろう。

何より、美世のせいで清霞が命を粗末にした、その事実にきっと耐えられない。

「ごく当たり前の、自然な結論だ。お前以外は誰でも納得する」

「だ、だめですからね。……そんな素振りが見えたら、わたし、旦那さまの夢に出て……ええと、毎晩叱ります」

「毎晩夢に出てくれるなら、少しは長生きできるだろうか」

「じょ、冗談ではなく、本気ですよ」

語気を強めた美世に、清霞はようやく笑みを見せた。

蒼褪《あおざ》めていたように見えた彼の頬に、血色が戻っている気がする。たぶん、美世の顔色も似たようなものだ。血の気が引いて、生きた心地がしなかったから。

「お前が無事で、よかった」

「……心配かけて、ごめんなさい」

「いや、無事ならいい」

そう言うと、清霞は一度、ぽん、と美世の頭に手を載せてから、やっと抱きかかえていた手を離す。

「ゆり江を呼んでこよう。表まで送る。家までは送れないが……」

「大丈夫です。お守りが守ってくれますから」

美世が口許《くちもと》を綻ばせて返せば、清霞もまた、目許を和らげた。

◇◇◇

君緒の連行に途中まで付き添っていた五道は、警官に彼女が引き渡されるのを確認し、屯所へ戻っていた。

そこでふと、目に映ったのは、上司である清霞が妻を門まで送り届けている姿。

二人の顔つきは遠目からでも和やかで、幸せに満《み》ち溢《あふ》れ、花が咲いているよう。あれは誰にも、邪魔できそうにない。

(隊長は、変わりましたよ)

その変化は五道にとっても決して嫌なものではなく、うらやましくもある。

美世と出会う前、清霞のあの美しい容貌はいつも冷酷さを滲《にじ》ませ、帯びる空気には険があった。

君緒に興味がなさそうで、素っ気なく、愛情のない態度をとっていた長場《ながば》。

おそらく、美世と出会っておらず、そこらの適当な者を妻にしていたなら、清霞もあれに似た夫になっていたはずだ。

それが、あんなにも蕩《とろ》けきった、優しい顔をするようになるとは。

切れ長の目は細められ、口角は上がり、声色には慈しみが込められて、彼の持つすべてが、妻を愛していると雄弁に語っているようなもの。

「はあ……うれしいけど、やっぱり虚《むな》しい～……」

いつか自分も、あんな似合いの相手を見つけられたら。そう思うけれど、なかなかうまくいかないのも確かだ。

何より——。

(『あれ』がまだ悪さをするなら、どうにかしてからじゃないと結婚なんて)

土蜘蛛《つちぐも》。複数の人の姿に変化《へんげ》し、使い分け、悪事を働く残虐な異形《いぎょう》が、また人を苦しめている。

「新婚の隊長には、迷惑はかけられない。慎重に行動しないと」

五道は、父の仇《かたき》に思いを馳《は》せる。

一時は父を助けてくれなかった清霞を恨んだこともある。しかし、彼も彼で強く、深い悔恨を抱いていると知ってからは、責めてもしかたないと思った。

(今度こそ、俺の手で)

胸の内でうずく黒い靄《もや》から、五道は目を背けない。心臓の真上あたりを押さえ、軍服を握りしめる。

ふわふわと、朗らかな空気に包まれ、微笑《ほほえ》む清霞を遠くに眺めて、五道は口の端を持ち上げた。

終章

暖かな春の終わり。初夏に差しかかって晴れた日が続き、鮮やかな緑に覆われた公園は、それなりの人で賑《にぎ》わっている。

日傘を差してベンチに腰かけていた美世《みよ》は、己の膝の上に視線を落とした。

(旦那さま、気持ちよさそう)

美世の膝を枕にし、清霞《きよか》がうとうとと微睡《まどろ》んでいる。

人に危害を加える強い異形が現れそうだとかで、対異特務小隊《たいいとくむしょうたい》は連日、情報収集に、今後の対応や実際にその異形と対峙《たいじ》したときの動きなどの打ち合わせ、また、並行して通常の任務の遂行にと、てんやわんやだ。

その状況はあの、美世が君緒《きみお》に襲われかけた日から今日までずっと続いている。

忙しい彼がなかなか休みをとれないので、たまには昼休憩のときにでもゆっくり話したいと、今日は正午にこの公園で待ち合わせをした。

ベンチに並んで腰を下ろし、美世が持参した弁当を二人で食べ、ついさっき人心地ついたところなのだが。

急に隣に座っていた清霞が、頭を美世の膝に預けてきたかと思うと、そのまま、かすかな寝息を立て始めた。

「お疲れさまです、清霞さん」

ようやっとすんなりと出てくるようになった呼び名を口にし、美世は清霞の顔にかかった滑らかな髪を、そっと撫でるように払う。

それでも彼の長い睫毛《まつげ》の一本すら、動くことはない。

やはり、疲れが溜《た》まっているのだ。無理もない。

何とはなしに空を仰ぐ。だんだんと、青が濃く、鮮明になり、夏へと向かう空だ。新緑と青が重なり合い、見ているだけで爽やかな、清々《すがすが》しい気分になってくる。

時折、いずこからか聞こえるうぐいすの囀《さえず》りも、たどたどしかった春と比べて、もうすっかり上手になった。

（もうすぐ、時間かしら）

このあと、清霞はまた屯所に戻り、遅くまで仕事になる。

せっかく気持ちよさそうに眠っているのを起こすのは忍びないけれど、これればかりはいたしかたない。

「清霞さん」

美世は、小さく夫の名を呼ぶ。そうして、さらに彼の頭をふわり、ふわりと撫《な》でながら、もう一度。

「清霞さん。起きてください」

清霞の瞼《まぶた》が震えた。ゆっくりと開いていく彼の目と、美世の目が合った。

「おはようございます」

「……ああ、おはよう」

寝起きのかすれた声で挨拶を返してくる彼が、愛おしい。毎日一緒にいても、愛情に慣れてくるどころか、日に日に深まっていくばかり。

彼の新しい面を知るたび、どきどきして、もっと好きになっていく。

出会ったときの冷ややかに投げつけられた言葉さえ、今になって思い返せば可愛《かわい》らしく思えてくるのだから、恋心とは始末に負えない。

「どのくらい、眠っていた？」

「ほんの十分くらいです。多少は、休めましたか」

「ああ。……お前の膝は、まずいな。起こされなかったら、そのまま熟睡するところだった」

清霞は何度か目を瞬《まばた》くと、ぱっと身を起こし、息を吐いて立ち上がる。次いで、美世のほうに手を差し伸べる。

「行こう。あまり屯所を空けると、皆に悪いからな」

差し出された手を、美世は躊躇《ためら》いなくとり、摑《つか》まって腰を上げた。

けれど、立ち上がったところで手を軽く引かれ、清霞との距離がぐっと近づく。――そして、ほんのわずかに、触れるだけの口づけが唇に落とされた。

「だ、旦那さま！　ここ、こんな、ところで！」

まさか外で、昼間からこんな大胆な行為に及ぶとは。動揺する美世をよそに、清霞は上機嫌を隠そうともせず、相好を崩した。

「行くぞ」

「ま、待ってください」

自然と、どちらからともなく、手を繫《つな》ぐ。

「仕事が落ち着いたら、新婚旅行にいかないか」

「……はい。ぜひ、行きたいです」

「どんなところに行きたいか、考えておいてくれ」

ただ、ささやかな会話を交わしつつ、心地よい風の吹く空の下を、美世と清霞は二人で歩いてゆく。

美世はこれ以上ない幸せに包まれて、満開の花笑みを浮かべた。

あとがき

毎度のごとく、一年ぶりでございます。皆さま、いかがお過ごしでしょうか。

ここへきて名乗る頻度が微妙に増え、「もっと綺麗《きれい》で可愛《かわい》くて覚えてもらいやすくてキラキラしたペンネームにすればよかった……」と再び後悔のターンに入っている顎木《あぎとぎ》あくみです。

デビューするのがわかっていたら最初からもっと真面目にペンネームを考えたのに……。

前巻のあとがきで予告しましたとおり、今回はハッピーな巻になっております。

WEB連載の頃から数えて五年、ようやくのタイトル回収となりました。

予告では、「ついに二人が結婚します」だとあまりに直接的で盛大なネタバレだと思い、タイトルにちなんでハッピーな巻、などと遠回しに（なってない）表現したのですが、伝わっていたでしょうか。

前回もちらっと書きましたが、この結婚にたどり着くまでにいろいろとありました。

美世《みよ》と清霞《きよか》への試練、波乱の展開もそうですし、私自身、書いていて苦労する場面もしばしばでした。

ですが、これほど長くシリーズが続かなかったら、こんなにも結婚式の場面を、二人が夫婦になるその瞬間を、詳しく描写することはたぶんありませんでした。当初の予定どおり、二巻の内容の直後に結婚式だったならば、「素晴らしい式を挙げ、皆に祝福されて二人は夫婦になりました」と一文書いて終わりだったでしょう。

しかし、実際にはシリーズが続き、エピソードを積み重ね、二人の想《おも》いが膨らんでいく過程を丁寧に追うことができました。だからこそ、中途半端な結婚式では納得できない、タイトル回収をきちんと描きたい、そんな気持ちになれたのだと思います。

ですので、支えてくださった皆さまには感謝しかありません。

多くの方が応援してくださったせめてものお返しに、今巻をデザートのような気分で楽しんでいただければ、と切に願っております。

さて、この本が発売される頃には、アニメの放送が始まっているでしょうか。春の実写映画、夏のアニメと怒涛《どとう》の映像化、大変ありがたく、私も純粋に一視聴者として楽しんでいます。

実写映画、本当に、本当に素晴らしかったですよ……。アニメもとっっってもに丁寧に作っていただいていて感激です。

映像化にあたり、かかわってくださる方々が原作をすごく大切にしてくださるので、よい縁に恵まれて私は幸せ者だなぁと、常々感じております。

連載中の、高坂《こうさか》りと先生によるコミカライズも、相変わらず非常に美しい構成と作画で、絶賛大盛り上がり中！　話を知っていても、切ない……しんどい……どうなるの……と、毎回情緒不安定になります、本気で。素敵すぎて、いつも「いいと思います！」しか言えません。

最後になりますが、今回もこうして本になるまで支えてくださった皆さまに御礼《おれい》を。

映像化のあれこれもあり、ひぃひぃ言いながら執筆していた私を、何から何までサポートしてくださった担当編集さま。いつもありがとうございます。おそらく、これからも多大なるお手数をおかけすることになるかと……（すみません）。

また、超絶美麗すぎるカバーイラストを描いてくださった月岡月穂《つきおかつきほ》先生。毎回毎回、素晴らしくて語彙力を失うのですが、今回は特に破壊力が凄《すさ》まじかったです……！　言葉を失い、涙を流して拍手するしかないほどでした。ありがとうございます。

そして、ここまでお付き合いいただいた読者の皆さま。シリーズをずっと追いかけてくださること、心から感謝申し上げます。ファンレターなども、日々の励みにしております。

『わたしの幸せな結婚』はまだ続きますので、もうしばらくの間、美世と清霞の物語を一緒に見守っていただければ幸いです。

それではまた、次の機会に。

顎木あくみ

お便りはこちらまで

〒一〇二―八一七七
富士見L文庫編集部　気付
顎木あくみ（様）宛
月岡月穂（様）宛

富士見L文庫

わたしの幸《しあわ》せな結婚《けっこん》 七

顎木《あぎとぎ》あくみ

2023年7月15日　初版発行
2023年8月25日　3版発行

発行者　山下直久
発　行　株式会社 KADOKAWA
〒102-8177　東京都千代田区富士見2-13-3
電話　0570-002-301（ナビダイヤル）

印刷所　株式会社 KADOKAWA
製本所　株式会社 KADOKAWA
装丁者　西村弘美

定価はカバーに表示してあります。　◆◇◇

●お問い合わせ
https://www.kadokawa.co.jp/（「お問い合わせ」へお進みください）
※内容によっては、お答えできない場合があります。
※サポートは日本国内のみとさせていただきます。
※Japanese text only

ISBN 978-4-04-075039-2 C0193

後宮の黒猫金庫番

著／岡達英茉　イラスト／櫻木けい

後宮で伝説となる
「黒猫金庫番」の物語が幕を開ける

趣味貯金、特技商売、好きなものはお金の、名門没落貴族の令嬢・月花。家業の立て直しに奔走する彼女に縁談が舞い込む。相手は戸部尚書の偉光。自分には分不相応と断ろうとするけれど、見合いの席で気に入られ……？

稀色の仮面後宮

著／松藤かるり　イラスト／Nardack

抜群の記憶力をもつ珠蘭。
望みは謎を明かして兄を助け、後宮を去ること――

特別な記憶力をもつ珠蘭は贄として孤独に過ごしていた。しかし兄を救うため謎の美青年・劉帆とともに霞正城後宮に仕えることに。珠蘭は盗難事件や呪いの宮の謎に挑み、妃達の信頼を得ていくが、禁断の秘密に触れ…？

【シリーズ既刊】 1〜2巻

富士見L文庫

ヒーロー文庫

薬《くすり》屋《や》のひとりごと 12

日向《ひゅうが》夏《なつ》

2022年 8月10日 第1刷発行
2024年10月10日 第7刷発行

発行者 廣島順二

発行所 株式会社 イマジカインフォス
〒101-0052 東京都千代田区神田小川町 3-3
電話／03-6273-7850（編集）

発売元 株式会社 主婦の友社
〒141-0021
東京都品川区上大崎 3-1-1 目黒セントラルスクエア
電話／049-259-1236（販売）

印刷所 大日本印刷株式会社

ISBN 978-4-07-452400-6

三女
酒造
三十代半ば

四女
不明
年齢不詳

五女
不明
年齢不詳

四男
不明
年齢不詳

五男
製鉄
年齢不詳

六男
焼き物
年齢不詳

七男
牧畜
二十五歳

六女
玉葉《ギョクヨウ》
皇后
二十二歳

皇帝

次男
飛龍《フェイロン》
二十三歳

三男
虎狼《フーラン》
十八歳

長女
鈴麗《リンリー》
四歳

長男
東宮
名前不詳
二歳

薬屋独言

illustration：しのとうこ